지귀, 선덕 여왕을 꿈꾸다

푸른도서관 27

지귀, 선덕 여왕을 꿈꾸다

초판 1쇄 / 2009년 1월 20일
초판 5쇄 / 2011년 1월 20일

지은이 / 강숙인
펴낸이 / 신형건
펴낸곳 / (주)푸른책들
출판등록 / 제321-2008-00155호
주소 / 서울 서초구 양재동 115-6 푸르니빌딩 (우)137-891
전화 / 02-581-0334~5 팩스 / 02-582-0648
이메일 / prooni@prooni.com 홈페이지 / www. prooni.com

글 ⓒ 강숙인, 2009

ISBN 978-89-5798-162-7 03810

이 도서의 국립중앙도서관 출판시도서목록(CIP)은 e-CIP 홈페이지
(http://www.nl.go.kr/cip.php)에서 이용하실 수 있습니다.
(CIP제어번호 : CIP2008003682)

지귀,

선덕 여왕을 꿈꾸다

강숙인 지음

푸른책들

차례

영묘사에서

선덕 여왕 4년, 서기 635년

1.

영묘사 낙성식 날, 여왕은 조정 대신들을 거느리고 영묘사로 향했다. 꽃나무마다 한껏 부푼 꽃망울이 탁, 탁 터지는 화사한 봄날이었다. 바람은 잔잔했고, 온 누리에 햇살이 가득했다.

여왕의 행렬이 도착했을 때, 영묘사는 낙성식을 보러 온 많은 백성들로 발 디딜 틈이 없었다.

여왕은 대신들과 함께 금당(대웅전)에서 거행된 법회에 참석한 다음 마당으로 나왔다. 널찍한 금당 마당에 목탑이 서 있었다. 탑을 돌며 소원과 복을 비는 것은 신라의 풍속이었다. 대신들과 백성들이 지켜 보는 가운데 여왕이 맨 먼저 탑돌이를 할 참이었다.

신라 장인들이 공들여 깎고 다듬은 나무로 세운 탑이 하늘을 우러르며 기도하는 듯한 자태로 금당 마당에 서 있었다. 꼬박 2년 동안 정성을 다해 지은 절과 탑이었다.

영묘사는 조상들의 혼령을 모시고, 호국 영령들을 기리기 위해 지은 절이었다. 예전부터 신라는 이웃 나라 백제와 고구려의 침공을 자주 받았고, 그 때마다 많은 장수와 병사들이 나라를 지키다가 목숨을 잃었다. 그런 만큼 영묘사 건립은 여왕에게나 신라 백성들에게나 각별한 일이었다.

여왕이 탑으로 다가갔다. 영묘사 스님들과 여왕을 수행하고 온 대신들이 둥그렇게 탑을 둘러쌌고, 그 뒤로 백성들이 겹겹이 서 있었다. 모두 숨을 죽이고 여왕의 탑돌이를 지켜 보고 있었다.

여왕이 천천히 탑을 돌기 시작했다. 먼저 신라를 위해 몸 바친 수많은 넋들의 명복을 빌었다. 이어 마음 속 간절한 소원을 빌었다.

'신라를 세우고 지켜 오신 조상 어른들이시여. 아버지 진평대왕, 어머니 마야 부인이시여. 신라가 부디 굳건한 나라가 되도록 도와 주소서. 이웃 백제와 고구려가 감히 넘볼 수 없는 강한 나라가 되도록 조상들의 영령이시여, 신라를 굽어 살피소서.'

여왕은 천천히 탑을 돌고 또 돌았다. 탑 주위에 둘러선 대신들과 백성들도 마음 속으로 여왕과 함께 기원을 올렸다.

　여왕의 탑돌이가 끝나자 대신들이 탑돌이를 했다. 대신들을 따라온 식솔들도 함께 탑을 돌았다.

　여왕은 탑에서 몇 발짝 물러서 대신들을 바라보았다. 모두 신라를 위하는 한마음으로 여왕을 보필하는 믿음직한 신하들이었다. 그 중 김유신과 조카 김춘추, 그리고 춘추의 아들 법민이 유난히 눈에 띄었다.

　'저 아이가 벌써 저렇게 자랐구나.'

　여왕의 입가에 엷은 웃음이 어렸다. 문득 십 년 전 공주 시절이 떠올랐다. 꼭 이맘때 무렵인 어느 늦은 봄날, 공주는 조카 춘추와 함께 남산으로 놀러갔다 멀리 민가에서 연기가 피어오르는 것을 보았다. 아직 저녁밥을 지을 때도 아닌데, 대낮에 연기가 피어오르는 것이 이상해, 공주는 시종에게 연유를 알아오게 했다. 시종이 알아온 바로는, 그 연기는 김유신 장군의 집에서 피어오르는 것으로, 김유신 장군이 혼인도 하지 않고 아이를 가진 누이동생 문희를 태워 죽이겠다며 불을 피우고 있다고 했다.

　사리 판단이 빠른 공주는 사정을 이내 알아차리고 춘추를 돌아보았다. 춘추는 자신보다 일곱 살이나 많은 김유신과 절친한 벗으로 지내며 그의 집에도 종종 놀러가곤 했다. 그러다 김유신의 누이 문희에게 마음이 끌렸을 것이고, 서로 사랑했을 것이다.

그러나 춘추는 이미 6년 전 혼인하여 고타소란 딸까지 두고 있었다. 춘추는 아내와 딸 고타소를 무척 사랑했다. 그래서 문희와의 일을 차마 아내에게 말하지 못한 것이리라.

게다가 김유신의 집안은 정통 진골이 아니었다. 신라는 엄격한 골품제의 나라였다. 집을 짓는 규모에서부터 입는 옷 색깔까지 골품에 따라 모든 것이 정해져 있었다.

가장 높은 골품은 대대로 임금을 내는 김씨 왕족으로 성골이었다. 그 다음 높은 골품이 진골로, 대부분 왕가의 먼 핏줄들이었다. 조정의 높은 벼슬은 진골만이 할 수 있었다. 그 다음 6두품은 평민보다 약간 높은 신분으로 중간 정도의 벼슬까지만할 수 있었고, 5두품과 4두품은 평민과 거의 비슷하긴 했지만낮은 벼슬은 할 수 있었다.

김유신은 백 년 전 신라에 병합된 금관가야 마지막 왕의 후손이었다. 그 때 신라로 온 금관가야의 왕족들은 진골 대접을 받았지만, 정통 진골에 비하면 허울만 좋을 뿐이었다. 김유신이 뛰어난 장수이면서도 서른이 넘도록 크게 두각을 나타내지 못하고 있는 것도 그런 신분상의 약점 때문이었다.

김유신의 누이 또한 마찬가지 신분이니, 한때 성골 신분이었던 춘추가 문희와 드러내 놓고 혼인하기에는 이래저래 걸리는 것이 많았다.

그래서 김유신은 궁리하다가 일부러 공주가 행차한 날에 연기를 피워 올렸을 것이다.

'과연 김유신다운 방책이로구나.'

그 무렵 덕만 공주가 다음 왕위를 잇는다는 것은 거의 움직일 수 없는 사실이 되어 있었다. 아버지인 진평왕이 아들을 두지 못해 성골 왕위 계승자는 공주들뿐이었고, 덕만은 맏딸이었다.

덕만 공주는 이다음에 임금이 되었을 때, 자신을 충실하게 보필할 믿음직한 신하가 필요했다. 믿음직하기만 해서는 안 되었다. 남다른 능력도 있어야 했다. 김유신은 바로 그런 신하였다. 골품보다 능력이 우선이라고 생각하는 공주에게 김유신은 분명 탐나는 인재였다. 김유신의 누이가 춘추와 혼인을 하면, 김유신과 김춘추 두 사람은 한층 가까워져 장차 서로에게 큰 힘이 되어 줄 터였다. 그 힘은 신라에도 공주에게도 꼭 필요한 것이었다.

공주는 춘추에게 김유신의 누이와 혼인시켜 주겠다고 말하고는 어서 가서 문희를 구하라고 일렀다. 그로부터 두어 달 뒤, 춘추는 문희를 두 번째 아내로 맞았다. 그리고 문희가 맏아들 법민을 낳고 나서 얼마 지나지 않아 춘추의 첫 번째 아내가 병으로 세상을 떠났고, 문희는 정실부인이 되었다.

'그 때 춘추와 문희를 혼인시키기 정말 잘 했어.'

김춘추는 여왕의 여동생인 천명 공주의 아들이었다. 천명의 남편은 폐위된 진지왕의 아들 용춘이었다.

진지왕은 신라의 24대 임금인 진흥왕의 둘째 아들이었다. 태자인 동륜이 일찍 세상을 떠나자 태자의 아들 백정이 나이가 어리다는 이유로 조정의 실력자인 거칠부가 동륜의 아우 사륜을 왕으로 옹립했다. 그가 바로 진지왕이었다.

그러나 진지왕은 여색을 지나치게 밝힌 데다 나라를 제대로 다스리지 못했다. 보다 못한 진지왕의 어머니 사도 태후가 조정 대신들의 뜻을 받아들여 진지왕을 폐위시키고, 충분히 왕위를 이어받을 수 있는 청년으로 자라 있는 백정을 임금의 자리에 올렸다. 바로 여왕의 아버지인 진평왕이었다.

임금의 자리에서 쫓겨난 진지왕은 그로부터 일 년 뒤에 세상을 떠났고, 아들 용춘과 손자 춘추는 가장 높은 신분인 성골에서 진골로 신분이 한 단계 낮아졌다. 그리고 궁궐 밖으로 나가 사가에서 살게 되었다.

비록 진지왕이 폐위되었다고는 하나 용춘과 춘추는 왕족인지라 궁궐에 자주 들어왔고, 벼슬도 얻었다. 그러나 김유신처럼 용춘과 춘추도 허울만 좋을 뿐, 자신들의 뜻을 제대로 펼치지 못하고 있었다. 조정 대신들은 자신들이 폐위시킨 진지왕의 아들과 손자가 조정의 실력자가 되는 것을 원치 않았고, 그래서 두 사람에 대한 견제가 심했다.

공주가 춘추와 문희를 혼인시킨 것은 같은 처지인 춘추와 김유신에게 힘을 실어 주기 위해서였다. 공주는 젊은 춘추가 유신 못지않은 인재라는 것을 이미 알고 있었다.

'나라를 잘 다스리려면 무엇보다 인재를 제대로 등용해야 한다. 내가 왕이 되면 어떤 조건이나 편견도 없이 인재를 등용해 쓸 것이다.'

춘추가 문희와 혼인한 지 6년 뒤에 진평왕이 세상을 떠났고, 맏딸 덕만 공주가 새 임금이 되었다.

신라의 새 여왕은 공주 시절 이미 결심했던 대로 김유신과 조카 춘추에게 차근차근 중요한 일들을 맡겼다. 진평왕이 나라를 다스렸던 54년 동안 조정의 중심이었던 구 대신들의 의견을 존중하면서도 춘추와 유신에게 맡길 일이 있으면, 과감히 일을 맡겼다. 또 성과가 있으면 품계를 올려 주었다. 덕분에 춘추와 유신은 구 대신들의 견제 속에서도 나름대로 탄탄하게 자신들의 자리를 굳혀가고 있었다.

탑돌이를 하는 대신들을 바라보던 여왕의 눈에, 문득 법민

또래의 한 아이가 띄었다. 조정 대신 대아찬(관등 4위 벼슬) 염종의 아들이었다. 나이가 법민과 같은 열 살이라고 들었다. 법민 못지않게 총명해 보이면서도 사려 깊어 보이는 모습에 여왕은 마음이 끌렸다.

젊었을 때도 남다른 지혜로 주위 사람들을 놀라게 했던 여왕이었다. 나이가 든 지금, 사람을 한눈에 꿰뚫어 보는 여왕의 혜안은 달이 차고 기우는 자연의 이치만큼이나 정확했다.

'저 아이가 장차 법민과 더불어 우리 신라의 대들보가 되겠구나. 이다음에 서로 둘도 없는 벗이 되면 좋으련만.'

문득 여왕의 낯빛이 흐려졌다. 어쩐지 그 아이가 가야 할 길이 법민과 다를 것 같은 예감이 스쳤기 때문이다.

'허긴 춘추와 염종이 서로 뜻이 다르니…….'

염종은 비담과 더불어 대대로 조정에서 일한 구세력의 중심에 서 있는 대신이었다. 춘추와 사이가 좋을 리 없었다.

'그래도 또 모르는 일이지. 저 아이들이 어른이 되면 그 때 진정으로 마음을 나누는 벗이 될 수 있을지도…….'

대신들이 탑돌이를 끝내고 여왕 곁으로 다가왔다. 영묘사 주지가 여왕에게 말했다.

"폐하, 안으로 드셔서 잠시 쉬시지요. 다과상을 준비했습니다."

여왕이 고개를 끄덕였다. 대신들을 거느리고 행차하는 여왕에게 백성들이 머리 숙여 절을 했다.

이윽고 여왕의 행차가 사라지자 백성들이 탑돌이를 시작했다. 저마다 가슴 속에 소원을 안고 정성스레 탑을 도는 백성들의 행렬은 끝도 없이 길게 이어졌다.

2.

낙성식이 끝난 뒤, 여왕의 행차는 궁으로 돌아갔다. 대신들도 그 행차를 따라 궁으로 갔다. 대신들의 식구들도 대부분 집으로 돌아갔고, 더러는 새로 지은 절을 둘러보고 차분히 참배도 드릴 겸 절에 남았다.

법민은 어머니와 누나 고타소와 함께 절에 남았다.

'그 아이도 남았을까?'

아까 법민은 대신들에게 인사하면서 대신들을 따라온 식구들과도 인사를 나누었다. 그 중에서 염종공의 아들인 가진이 마음에 남았다. 같은 또래여서만은 아니었다. 나이보다 의젓해 보이는 가진에게는 묘하게 사람의 마음을 끄는 무언가가 있었다. 가진이라면 죽음까지도 함께 나누는 진짜 벗이 될 수 있을 것 같았다.

하지만 아버지가 염종공과 그리 친한 사이가 아니기에 자주 만날 일도, 쉽게 벗이 될 수도 없을 터였다. 지금보다 나이가 더 든 다음에는 모르겠지만.

"주지 스님을 모시고 대신들 부인들과 담소를 나누기로 했단다. 너희들은 절을 둘러보렴."

"네, 어머니. 우리 걱정은 마시고 즐겁게 담소를 나누셔요."

고타소가 싹싹하게 대답하고는 법민의 손을 잡아끌었다.

"저쪽에 연못이 있더라. 가서 물고기 구경하자."

법민은 누나가 이끄는 대로 절 연못인 옥문지로 갔다. 연못가는 사람들로 붐비지 않아 좋았다.

"법민아, 탑을 돌면서 무얼 빌었어?"

연못에서 노는 물고기들을 들여다보며 고타소가 물었다.

"내가 무얼 빌었는지 누나가 한번 알아맞혀 봐. 난 세 가지를 빌었거든. 세 가지 다 맞히면 앞으로 사흘 동안 누나가 시키는 일, 다 해 줄게."

법민이 선심 쓰듯 말하자 고타소가 까르르 웃음을 터뜨렸다. 법민은 집안 형제들 중에서 고타소와 사이가 가장 좋았다. 나이가 다섯 살이나 많고 어머니도 다른데도, 법민은 아우들보다 누나 고타소와 더 친했다. 고타소에게는 무슨 이야기든 다 터놓고 말할 수 있어 좋았다. 고타소도 새어머니가 낳은 여러 아우 중에서 맏이인 법민을 유난히 귀여워했다. 그래서 가끔은 집안 하인들이 고타소와 법민의 어머니가 같은 게 아닌가, 착각을 하기도 했다.

"호호, 좋아. 누나가 꼭 맞힐 테니까 너도 약속 지키는 거다."

"대장부 한 마디는 천금보다 무거운 법, 알아맞히기나 하셔요."

"응, 첫 번째로 신라의 안전과 폐하의 만수무강을 빌었을 테고."

"맞아. 거기에다가 아버지와 어머니, 우리 집 식구들의 복을 빌었지."

"그걸 함께 빌었다구? 난 그게 두 번째인 줄 알았는데."

"암튼 두 번째가 뭔지 얼른 말해 봐."

"두 번째는 네가 이다음에 화랑이 되어 나라를 위해 큰일을 하게 해 달라고 빌었을 테고……."

화랑은 60년 전 진흥왕 때 인재를 기르기 위해 만든 제도이다. 화랑은 주로 15, 16세의 진골 자제들 중에서 뛰어난 인재들을 가려 뽑았는데, 더러는 6두품에서도 화랑이 나오기도 했다. 화랑들은 학문이 높은 재상이나 무예가 뛰어난 장군들에게 가르침을 받았고, 그 밑에 많은 평민 낭도들을 두었다. 법민의 아버지와 외숙 김유신 장군도 일찍이 화랑이 되었고 두 분 다 최고 화랑인 풍월주를 지냈다. 다른 진골 자제들처럼 법민이 화랑이 되고 싶어하는 것은 당연한 일이었다. 법민이 방긋 웃으며 말했다.

"두 번째도 잘 맞혔네. 그렇지만 마지막은 못 맞힐걸. 사실은 내가 그걸 제일 열심히 빌었는데."

"뭘까? 우리 법민이가 가장 바라는 일이?"

고타소는 잠시 생각하더니 고개를 설레설레 저었다.

"아무래도 모르겠다. 말해 봐. 내 동생이 무얼 그렇게 열심히 빌었는지 정말 궁금하거든."

"누나가 늦게 시집가게 해 달라고 빌었어."

고타소는 올 가을에 진골 김품석과 정혼을 한다. 그리고 2년 뒤, 고타소의 나이 열일곱이 되면 혼례를 치른다. 앞으로 2년이 남긴 했지만, 법민은 누나가 너무 빨리 집을 떠나는 것 같아서 싫었다. 시집을 가더라도 한참 있다 갔으면 싶었다.

"사실 나도 시집은 그다지 가고 싶지 않아. 그 사람 나보다 나이도 훨씬 많고, 마음에 들지도 않거든. 하지만 어떡하니. 부모님들끼리 오래 전에 약속하신 일인걸."

"아버지께 말씀드려 봐. 스무 살이 넘어야 시집가겠다고. 내가 화랑이 되는 건 보고 가야 하잖아."

"그게 내 마음대로 할 수 있는 일이면 얼마나 좋겠니. 시집을 가더라도 서라벌에서 살 거니까 집에 자주 올 거야. 널 보러 자주자주 올 거라구."

고타소가 법민의 어깨를 감싸 안으며 다정하게 말했다. 법민이 시무룩한 얼굴로 다짐하듯 물었다.

"정말 자주자주 올 거지?"

고타소가 고개를 끄덕이며 법민의 입 양쪽을 두 손가락으로 끌어올려 억지로 웃게 만들었다. 법민은 마지못해 피식 웃었다.

"거봐. 웃으니까 얼굴이 환하잖아. 누나가 이 세상에서 가장 사랑하는 사람은 법민이 너야. 아버지 어머니도 그 다음이라고. 그리고 내가 시집가려면 아직 두 해가 더 지나야 하잖아. 미리 마음 상해할 거 없어."

고타소가 법민의 손을 잡아끌며 계속 말했다.

"우리 다시 한 번 탑돌이할까? 부처님께 간절히 빌면, 어쩌면 내가 늦게 혼인할지도 몰라. 네가 화랑이 될 때까지 앞으로 몇 년 동안만 연기해 달라고 빌자."

"좋아, 누나. 어서 가서 탑돌이하자."

고타소와 법민은 사람들 사이를 헤치며 금당 쪽으로 부지런히 걸었다. 막 금당 쪽으로 들어가는 중문 가까이 이르렀을 때, 법민은 중문에서 나오는 두 아이와 마주쳤다. 한 아이는 염종공의 아들인 가진이었고, 뒤따라오는 아이는 비담공의 딸인 설화였다. 비담공은 염종공과 절친한 조정 대신이었다.

가진이 먼저 법민을 알아보고 웃었다. 설화도 법민을 보고 고개를 까닥였다. 법민도 두 아이를 마주 보며 웃고는, 누나가 이끄는 대로 중문 안으로 들어섰다. 금당 안에는 아직도 많은 사람들이 탑돌이를 하고 있었다. 탑으로 다가가 사람들 틈에 섞이면서 법민은 생각했다.

'그 아이도 나중에 화랑이 되겠지. 어쩌면 그 때 우린 좋은 벗이 될 거야. 꼭 그렇게 될 거야.'

3.

지귀는 혼자 절 경내를 이리저리 돌아다녔다. 같이 왔던 마을 사람들은 거의 다 집으로 돌아갔지만, 어머니는 남아 법당에서 아버지의 명복을 빌고 있었다. 어머니는 요즘 들어 꿈에 자주 아버지가 보인다고 입버릇처럼 말하곤 했다. 아직 혼이 구천을 헤매는지 꿈에 본 아버지는 몹시 추워 보인다고 했다. 그래서 어머니는 저렇게 마음을 다해 아버지의 명복을 빌고 또 비는 것이리라.

지귀는 아버지에 대한 기억이 별로 없다. 아버지에 대한 뚜렷한 기억을 갖기도 전에 아버지에게 국경 방비 순번이 돌아왔기 때문이다. 국경 방비는 신라 남정네라면 젊었건 늙었건 누구나 한 번씩 순번에 따라 다녀와야 하는 군역이었다. 아버지는 3년 뒤를 기약하며 백제와 국경이 맞닿아 있는 서쪽 성으로 떠났다. 그리고 1년 뒤 백제군이 그 성을 공격했고, 아버지는 목숨을 잃었다. 8년 전, 지귀가 두 살 때의 일이다.

어렸을 때 일이라 지귀는 아버지를 잃은 슬픔이 어떤 것인지 잘 알지 못했다. 그러나 요즘 지귀는 아버지가 살아 계셨으면 얼마나 좋을까 생각할 때가 많았다. 그랬다면 어머니도 훨씬 고생을 덜할 테고, 지귀에게도 많은 의지가 되었을 터였다.

'지귀'라는 별난 이름도 아버지의 뜻이었다고 들었다. 비록 평민이었지만 아버지는 지귀가 이다음에 나라에 큰 공을 세우는 훌륭한 사람이 되기를 바랐다. 그래서 지귀가 태어났을 때, 큰 절의 스님을 찾아가 이름을 지어 달라고 부탁했다고 한다.

"훌륭한 사람이 되려면 먼저 큰 뜻, 귀한 뜻을 품어야 하네. 그러니 아이 이름을 지귀로 짓게나. 뜻 지에 귀할 귀. 허나 평민에게 '귀할 귀' 자는 어울리지 않지. 이름에 어울리지 않는 자를 쓰면 동티가 나는 법이거든. 그러니 대신 '귀신 귀' 자를 쓰게. 뜻이 달라도 발음이 같으면 같은 뜻으로 쓰기도 하는 법이거든."

수복이나 먹쇠 같은 이름이 예사인 평민 아이한테 지귀라는 이름은 얻어 입은 헐렁한 옷처럼 우스꽝스러웠지만, 어머니한테 이름에 담긴 사연을 듣고 난 뒤부터 지귀는 제 이름이 좋았다. 철없는 아이들이 이름을 두고 땅귀신이라고 놀려도 마음 쓰지 않았다. 지귀를 땅귀신이라는 뜻으로밖에 알지 못하는 아이들이 오히려 딱했다.

지귀는 경내를 다 둘러보고는 절 뒤편 약수터로 갔다. 약수터는 사람이 없어 조용했다. 지귀는 조롱박을 들고 바위틈에서 졸졸 흘러나오는 약수를 받았다.

바가지 가득 물이 찼을 때, 지귀는 문득 인기척을 느끼고 고개를 들었다. 제 또래의 사내아이가 앞에 서 있었다. 거친 삼베옷을 입은 지귀와는 달리 그 아이는 비단옷을 입고 있었다. 골품이 높은 대갓집 도령이 분명했다.

지귀는 물을 마시려다 아이 앞으로 바가지를 내밀었다. 아이의 신분이 높아서 그랬던 건 결코 아니었다. 아이의 맑은 눈빛을 보는 순간 저도 모르게 그리한 것뿐이었다. 아이가 싱긋 웃으며 바가지를 받았다.

"고마워. 이름이 뭐니?"

아이가 물을 다 마신 다음, 바가지를 도로 내밀면서 물었다.

"지귀……."

지귀는 바가지를 받으면서 말꼬리를 흐렸다. 제 또래이긴 하지만 신분이 높은 아이였다. '지귀입니다.'라고 해야 하는 건지, '지귀야.'라고 해도 되는 건지 분간이 가지 않았다. 아이가 지귀의 마음을 눈치챈 듯 얼른 말했다.

"그냥 편하게 말해도 돼. 골품제도는 어른들이 만들어 놓은 거잖아. 우린 그냥 따르는 것일 뿐이고. 그러니까 우리끼리 있을 때는 서로 편하게 말해도 돼."

지귀는 놀라 아이를 빤히 바라보았다. 비록 평민들이 사는 마을에서만 살았지만, 골품이 높은 분들을 깍듯하게 대해야 한다는 것쯤은 지귀도 알고 있었다. 아이라도 골품이 높으면, 평민들을 내 집 하인처럼 부릴 수 있다고 막연하게 알고 있던 지귀에게 아이의 흉허물 없는 그 말은 뜻밖이었다.

아이의 어깨 위에 내려앉은 봄 하늘이 눈부셨다. 아이가 계속 말했다.

"지귀. 좋은 이름이네. 귀한 뜻을 가지고 살라는 이름이겠지?"

지귀는 고개를 끄덕였다. 지귀가 땅귀신인 줄로만 알고 있는 마을 아이들과 달리 아이는 이름을 듣는 순간 이름에 담긴 뜻을 알아차렸다. 지귀는 자신의 이름이 뿌듯하고 자랑스러웠다.

"내 이름은 가진이야. 아름다울 가에 참 진. 아름답고 참된 사람이 되라고 아버지가 지어 주신 이름이야. 어쩜 네 이름하고도 통하는 이름인지도 몰라."

골품이 높건 낮건 자식이 훌륭한 사람이 되기를 바라는 아버지의 마음은 똑같다. 문득 지귀는 가진을 처음 보았을 때 가졌던 거리감이 사라진 것을 느꼈다.

"오라버니, 거기서 뭐해?"

해맑은 목소리였다. 가진이 뒤돌아보았다. 지귀도 고개를 돌렸다. 저만치 앞에 비단옷을 입은 여자 아이가 서 있었다. 갸름한 얼굴에 눈망울이 초롱초롱한 예쁜 여자 아이였다. 아마도 그 아이는 가진의 누이동생인 모양이라고 지귀는 짐작했다.

"물 마셨어. 설화야, 너도 마실래?"

여자 아이가 고개를 저었다. 가진이 지귀를 보며 웃었다.

"그만 가야겠다. 물 고마웠어."

지귀는 설화와 함께 저만치 걸어가는 가진을 바라보았다. 두 아이의 모습은 이내 보이지 않았다.

'아름다울 가, 참 진. 가진.'

그 아이에게 어울리는 이름이라는 생각이 들었다.

"골품제도는 어른들이 만들어 놓은 거잖아. 우린 그냥 따르는 것일 뿐이고."

가진이 했던 말이 귓가에 맴돌았다. 지귀는 마을 아이들은 물론이고 어른들한테서도 그런 말은 들어본 적 없었다. 가진의 말은 그만큼 신선했고, 또 충격이었다. 같은 또래이지만 가진과 벗이 된다면 많은 것을 배울 수 있을 것 같았다. 지귀가 모르는 새로운 세상을 가진이 알려 줄 것 같았다. 하지만…….

'이제 그 아이를 다시 만날 수는 없겠지. 신분이 다르니까…….'

그런 생각이 들자 이상하게 가슴 한쪽이 쓰렸다. 갑자기 마음이 답답했다.

지귀는 고개를 떨구었다. 손에 들린 바가지가 보였다. 가진이 건네 준 바가지였다. 그제야 목이 마르다는 생각이 들었다. 지귀는 바가지에 물을 받아 마셨다. 답답하던 마음이 다소 가시는 듯했다.

'어머니가 참배를 마치시고 날 찾고 계실지도 몰라.'

지귀는 바가지를 내려놓고 약수터를 떠났다. 봄날의 따사로운 햇살이 약수터를 비추고 있었다.

아, 때야성

선덕 여왕 11년, 서기 642년

1.

지귀는 마구간을 나왔다. 말들을 살펴보고 마구간을 깨끗이 청소하는 것은 활리역 역졸인 지귀가 맡은 일 중의 하나였다.

활리역은 나라 안 여러 역 중에서 서라벌에 가장 가까이 있는 큰 역이었다. 나라 안 소식이 이 곳을 통해 조정에 보고되고, 또 임금의 명이 이 곳을 통해 지방으로 전해지곤 했다. 지방으로 나가는 관리나 당나라로 가는 사신 일행도 반드시 이 곳을 거쳐 갔다.

지귀는 두 달 전 김유신 장군의 추천으로 활리역 역졸이 되었다. 역에서 잡다한 심부름을 하는 역졸이지만, 역졸이 되는 것도 쉬운 일은 아니었다. 그런 점에서 지귀는 운이 좋은 편이었다.

지귀는 열다섯 살이 되던 해 정월에 군역을 살라는 나라의 명을 받았다. 아버지가 백제군과 싸우다 전사해 홀어머니를 모시고 있는지라 지귀는 다행히 먼 지방까지 군역을 살러 가지 않고 서라벌을 지키는 대당(군부대)에 들어가게 되었다.

물론 대당에서도 병사 훈련은 고되었지만, 지방에 군역을 살러 가는 것에 비하면 아무것도 아니었다. 대당은 서라벌 외곽에 있는지라 집에도 이따금 들를 수 있었다. 뿐만 아니라 바쁜 농사철에는 농사일을 도우라고 아예 얼마 동안 집에 보내 주었다. 그래서 군역을 살아야 하는 젊은이들은 대당에 들어가기를 원했지만, 아무나 대당에 들어가는 혜택을 받는 것은 아니었다.

어쨌거나 대당에 들어간 지귀는 백제군과 용감하게 싸우다 전사한 아버지를 생각하면서 열심히 병사 훈련을 받았다. 지귀라는 남다른 이름을 지어 준 아버지의 뜻에 어긋나지 않게, 나라에 보탬이 되는 사람이 되고 싶었던 것이다.

병사 훈련에 열심인 데다 힘든 일에도 몸을 사리지 않는 지귀가 대당의 지휘관인 김유신 장군의 눈에 띈 것은 어쩜 당연한 일인지도 모른다. 김유신 장군은 급한 일이나 중요한 심부름은 꼭 지귀에게 시켰고, 지귀는 맡은 일을 한 번의 실수도 없이 잘 해냈다. 이윽고 지귀가 만 2년 6개월 만에 군역을 마치자, 김유신 장군은 지귀를 활리역의 역졸로 추천해 주었다.

지난 두 달 동안 지귀는 역졸로서 맡은 일을 열심히 했고, 활리역 상관들에게도 인정을 받았다. 특히 역졸들의 우두머리인 사지(관등 13위 벼슬) 광덕은 지귀를 아들처럼 대했다. 광덕은 평민이나 다름없는 4두품으로, 젊은 나이에 활리역 역졸로 들어와 오랜 세월 역에서 일한 사람이었다. 때문에 몇 년 만에 한 번씩 바뀌는 수장보다 더 대접을 받았고, 조정의 사정에 대해서도 훤히 꿰고 있었다.

광덕 덕분에 지귀는 조정과 나라 안에서 일어나는 여러 일들을 소상히 알게 되었다. 역졸이 되기 전에는 전혀 알지 못했던 세상이 활리역에는 있었다.

지귀는 광덕의 처소가 있는 관사 쪽으로 발걸음을 옮겼다. 늦여름 오후의 햇살은 여전히 뜨거웠지만 불어오는 바람은 제법 시원했다.

그런데 활리역의 분위기가 이상했다. 오가는 역졸들의 표정이 여느 날과 다르게 굳어 있었다.

'내가 마구간을 청소하는 사이에 전령이 와서 안 좋은 소식이라도 전한 걸까?'

지귀는 광덕의 처소로 들어섰다. 지귀를 맞는 광덕의 표정 역시 몹시 어두웠다.

"마구간 청소를 다 마쳤고, 말들은 이상이 없습니다."

지귀가 보고하자, 광덕이 심각한 표정으로 지귀를 보았다.

"지금 마구간이 문제가 아니다. 아까 서북쪽 국경에서 전령이 달려왔어. 백제 의자왕이 직접 군사를 거느리고 우리 신라로 쳐들어와 미후성(충남 금산군 진산면)을 함락시키고 40여 개 성을 강탈했다는구나."

"우리 성을 40여 개나 빼앗겼다구요?"

지귀가 놀라 되물었다. 광덕이 고개를 끄덕였다.

"지금쯤 조정이 발칵 뒤집혔을 게다."

오랫동안 신라, 고구려, 백제가 땅을 뺏고 빼앗기는 싸움을 계속해 왔다는 것을 지귀도 광덕에게 들어 잘 알고 있었다. 전왕인 진평왕이 다스렸던 54년 동안에도 열두 번이나 전쟁을 치렀는데, 신라가 먼저 공격한 적은 세 번이었고, 고구려가 한 번, 나머지 여덟 번은 모두 백제가 먼저 침공했던 것이다.

여왕이 즉위한 이후 지난 11년 동안에도 신라는 세 번이나 이웃 나라의 침공을 받았다. 백제가 먼저 두 번 신라를 공격했는데, 여왕 즉위 2년이 되던 해 서곡성(충북 괴산군 청안면)을 함락시켰고, 그로부터 3년 뒤에는 독산성(경북 경주시 건천읍 신평 2리)을 공격하려는 백제군이 서라벌 가까이까지 숨어들어오기도 했다. 다행히 그 때는 여왕의 지혜로 백제군을 모두 물리칠 수 있었다. 그리고 4년 전에는 고구려가 칠중성(경기도 파주시 적성면)에 침입했는데, 알천 대장군이 고구려군을 크게 무찔러 성을 온전히 지켰다.

그 이후로 한동안 나라가 평온했는데, 이제 백제가 대대적으로 다시 신라로 쳐들어온 것이다.

"의자왕이 아주 작심을 한 모양이다. 옛날 성왕의 원한을 모조리 갚겠다고 말이다."

의자왕은 지난해 무왕의 뒤를 이어 백제의 임금이 되었다. 옛날 성왕의 원한이 무엇인지는 지귀도 이미 광덕에게 들은 바 있다. 그것은 신라의 24대 임금인 진흥왕 시절에 시작된 일이었다.

80여 년 전, 신라의 진흥왕은 백제와 동맹을 맺고 고구려를 공격해 아리수(한강) 유역의 땅을 빼앗았다. 그리고 동맹 때 약속한 대로 신라는 아리수 상류 지역을, 백제는 지난날 자신들의 땅이었던 하류 지역을 차지했다.

그로부터 2년 뒤 진흥왕은 아리수 하류 지역을 공격하여 백제군을 몰아내고 아리수 유역을 모두 차지했다. 그것으로 그 지역의 풍부한 생산물과 백성들이 신라 몫이 되었고, 신라는 나라를 크게 발전시킬 수 있었다. 뿐만 아니라 그 지역의 당항성(경기도 화성시 서신면)을 차지함으로써 서해를 거쳐 당나라와 직접 교류할 수 있는 바닷길을 열었다.

한편 아리수 유역을 도로 빼앗긴 백제의 성왕은 격분하여 신라로 쳐들어왔다. 부여에서 서라벌로 통하는 첫 관문인 관산성(충북 옥천군)에서 신라군은 백제군을 맞아 큰 전투를 치렀다. 이 전투에서 성왕은 전사하고, 백제군 3만 병사는 모두 죽는 참패를 당했다.

이 승리로 백제를 제압한 진흥왕은 뒤이어 가야의 여러 나라를 차례로 정복했고, 가야의 땅이었던 황산하(낙동강) 일대는 모두 신라 땅이 되었다. 기름진 곡창 지대이며 해상 무역의 중심지였던 가야 지역은 아리수 유역만큼이나 신라의 발전에 큰 보탬이 되었다.

나라의 힘이 커지자 진흥왕은 자신을 당나라 황제처럼 '짐'이라 불렀으며 법흥왕에 이어 독자적인 연호를 사용했다. 또한 화랑제도를 만들어 인재를 기르는 데 힘썼다.

진흥왕은 이처럼 신라의 영토를 넓히고 나라를 크게 발전시켰지만, 그 대가로 신라는 고구려와 백제 공동의 적이 되었다. 고구려는 틈만 나면 북쪽 국경을 침범하여 지난날 자신들의 땅을 되찾으려 했고, 백제는 관산성 전투에서 죽은 성왕의 원수를 갚는다며 수시로 신라를 공격했다.

"그럼 우리 신라군이 곧 출정해야겠네요? 빼앗긴 성을 되찾아야 하잖아요."

백제군과 싸우다 전사한 아버지를 떠올리며 지귀가 숨 가쁘
게 말했다.

"지금 빼앗긴 성들이 문제가 아니다. 당항성이 위험하다는
구나. 전령이 말하기를, 백제군이 고구려와 손을 잡고, 곧 당항
성을 공격할 거라지 뭐냐."

"당항성이요?"

"그래, 당항성. 지금 당항성을 지키는 군사들이 있기는 해도
정말 백제와 고구려군이 함께 쳐들어온다면 오래 버티지 못할
거다. 그렇게 되면 우리 신라는 당나라와 연락할 길이 끊어지
고 고립무원의 처지가 되어, 바람 앞의 촛불처럼 위태로워질
거고……."

"그럼 한시라도 빨리 당항성에 원군을 보내야 하잖아요."

"폐하께서 곧 당항성에 원군을 보내시겠지. 아마 김유신 장
군의 부대가 가지 않을까 싶구나."

김유신 장군을 생각하자 지귀는 마음이 차분하게 가라앉았
다. 광덕도 같은 생각인지 낯빛이 조금 밝아지는 듯했다. 문득
광덕이 말했다.

"너무 걱정하지 않아도 될 거다. 우리 폐하가 어떤 분이시
냐? 꽃 그림을 보시고 그 꽃에 향기가 있는지 없는지 척 알아맞

히셨지. 어디 그 뿐이냐. 6년 전에는 영묘사 옥문지에서 개구리 떼가 울어 댄다는 보고를 들으시고, 백제군이 여근곡(경북 경주시 건천읍 신평 2리)에 매복해 있을 거란 사실을 예측하지 않으셨냐. 덕분에 알천 장군과 필탄 장군이 여근곡으로 달려가 숨어 있던 백제군들을 모조리 쳐부술 수 있었지. 이번에도 폐하께서 분명 묘수를 생각해 내실 거다."

광덕의 말은 확신에 차 있었다.

2.

"도련님, 아버님께서 부르십니다."

바깥에서 하인이 말했다. 가진은 읽던 책을 덮고 방 밖으로 나갔다.

"아버지는 어디 계시느냐?"

"별채에 계십니다."

가진은 마당을 가로질러 별채 쪽으로 걸었다. 밤바람이 제법 선선했다. 타는 듯 뜨거웠던 여름이 엊그제 같은데 어느새 가을이 성큼 다가와 있었다.

가진은 별채 방으로 들어갔다. 아버지가 다정한 눈빛으로 가진을 맞았다.

"게 앉거라. 너하고 이야기를 나눈 지가 오래 된 것 같아서 불렀다."

가진은 아버지와 마주 앉았다. 수련을 다녀온 뒤로 처음이었다. 이렇게 아버지와 마주 앉은 것은.

가진은 지난 두 달 동안 화랑 수련을 다녀왔다. 2년 전 열다섯 살 때 화랑이 된 뒤로 서라벌에서 가까운 산과 들판은 여러 번 다녔지만, 나라 안 곳곳을 둘러본 것은 이번이 처음이었다. 수련 대회에서 느낀 것이 많았고, 그만큼 아버지에게 하고 싶은 말도 많았다.

그러나 가진이 돌아오던 날 백제에 40여 개 성을 빼앗겼다는 참담한 소식이 날아들었다. 백제가 뒤이어 당항성을 공격할 것이라 해 여왕은 김유신 장군의 부대를 당항성으로 보내고, 한편으로는 당나라에 사신을 보내기로 했다. 여왕은 아버지에게 사신의 임무를 맡겼다.

"우리가 당나라에 간다고 해서 당나라 임금이 즉시 군사를 내어 주지는 않을 것이다. 다만 지금 서라벌에도 분명 백제의 간자(첩자)가 들어와 있을 것인즉, 우리가 당나라에 사신을 보냈다는 사실을 알면 의자왕도 쉽사리 당항성을 공격하지는 못할 것이라 판단했기 때문에 내가 당나라로 가는 것이다."

아버지가 가진에게 들려준 말이었다.

갑작스럽게 당나라에 사신으로 가게 된 아버지는 그 준비로

바빴다. 아버지는 아침 일찍 입궐해 밤늦게 퇴궐했기 때문에 가진은 아버지와 차분하게 이야기를 나눌 틈이 없었다.

그래서 당나라에서 돌아오신 다음에나 아버지에게 이런저런 이야기를 할 수 있으리라 기대했는데, 아버지는 이 밤에 가진을 부른 것이다. 가진은 기뻤다.

"그래, 수련은 잘 하고 왔느냐?"

"예, 아버지. 정말 좋은 경험이었습니다. 내 나라의 산천이 얼마나 아름다운지 새삼 깨달았습니다. 그리고 우리 젊은 화랑들과 낭도들이 내 나라를 잘 지켜야 한다는 것도요."

가진은 아버지에게 스승과 낭도들과 더불어 나라 안 곳곳을 다닌 일을 자세히 들려드렸다. 산 좋고 물 맑은 곳에서 무예 수련을 하고 사람의 도리에 대해 스승의 가르침을 들은 일, 노래와 춤을 배우고 놀이 시간에 한마음이 되어 노래하고 춤추며 놀았던 일, 밤이면 들판에서 야영을 하고, 별들이 쏟아질 듯한 밤하늘을 올려다보며 낭도들과 앞날의 꿈을 이야기했던 일······.

"중악에서 수련할 때는 산 위에 있는 바위굴에도 가 보았습니다."

"김유신 장군이 삼한 통일을 하늘에 맹세했다는 그 바위굴 말이냐?"

"예."

가진이 고개를 끄덕였다.

김유신은 가진처럼 열다섯 살에 화랑이 되었다. 그는 백제와 고구려가 신라를 잇달아 침범하는 것에 분노하고 가슴아파하면서 나라를 위해 반드시 삼한 통일을 이루겠다고 맹세했다. 그리고 중악(대구 팔공산) 바위굴에 들어가 몸을 깨끗이 씻고 며칠 동안 하늘에 간절히 기도를 드렸다. 자신의 맹세를 꼭 이루게 해 달라는 기도였다.

그 때 김유신의 나이 열일곱, 지금의 가진과 같은 나이였다. 김유신이 기원했다는 바위굴에 들어가 봤을 때 감회가 남달랐던 것도 그 때문이었을 것이다. 바위굴은 30여 년 전 그 모습그대로 있었다. 한 사람이 겨우 들어갈 수 있는 좁은 굴이었으나 어딘가 엄숙하고 장엄한 분위기가 감돌았다.

김유신의 마음이 30여 년의 세월을 뛰어넘어 가진에게 그대로 전해졌다. 그 때처럼 신라는 여전히 백제와 고구려의 침략에 시달리고 있었고, 가진은 나라를 위해 목숨까지도 기꺼이 바쳐야 하는 화랑이었다.

"김유신 장군이 그 맹세를 아직 이루지는 못했다만, 그건 우리 신라 사람이면 누구라도 언젠가는 반드시 이루어야 할 맹세이다. 계속되는 전쟁을 끝내고 평화를 이룩하려면 삼한을 하나로 통일하는 것 말고는 방법이 없다. 그건 백제나 고구려도 마찬가지겠지. 허나 고구려나 백제가 삼한을 통일한다면 그것은 곧 우리 신라의 멸망을 뜻하는 것이기에, 그 통일을 기필코 우리가 이루어야 한다는 것이다. 허나 아직은 우리에게 그럴 만한 힘이 없으니……."

아버지는 침통한 표정으로 말꼬리를 흐렸다. 가진은 아버지의 답답한 심정을 이해했다. 나라의 성을 40여 개나 빼앗겼는데도 지금 신라가 할 수 있는 일은 당나라에 도움을 청하러 사신을 보내는 것뿐이다. 가진은 제 가슴에도 큰 돌덩이 하나가 얹힌 듯한 느낌이 들었다.

문득 가진의 눈앞으로 뭔가가 날아들었다. 그것이 무엇인지 살피기도 전에 조는 듯 가물거리던 촛불이 화들짝 부풀어 오르면서 불꽃이 화악 피어올랐다. 가진의 눈이 휘둥그레졌다. 어느새 들어왔는지 나방 한 마리가 촛불에 몸을 던진 것이다. 가진이 미처 손을 써 볼 사이도 없이 나방의 작은 몸은 불꽃에 휩싸여 순식간에 타올랐다.

가진은 저도 모르게 부르르 몸을 떨었다. 나방이 가엾다는 생각이 채 들기도 전에 찬란하게 타오르는 불꽃의 아름다움이 먼저 가진의 마음을 빼앗았다. 뒤이어 나방이 가엾다는 생각이 들었을 때는 이미 나방은 재가 되어 사라지고 없었다.

불꽃이 다시 평온해졌다. 가진은 푸우 큰 숨을 내쉬었다. 불꽃이 크게 한 번 휘청거렸다.

"가여운 녀석이로구나. 저 죽을 줄 모르고 불에 뛰어들다니……."

아버지가 탄식하듯 말했다. 나방이 가엾기는 했지만, 가진은 그것이 다는 아니라는 생각이 들었다. 가엾음 이전에 불꽃이 되는 아름다움이 있기에, 나방은 스스로 불길 속에 몸을 던진 것은 아닐까. 어쩌면 찬란하게 타오르는 불꽃은 나방의 오랜 꿈이었는지도 모른다는 엉뚱한 생각마저 들었다.

"부디 백제 왕이 당항성을 치겠다는 생각을 버려야 할 텐데……."

아버지가 혼잣말처럼 말했다. 당항성이 신라에 얼마나 중요한지는 가진도 잘 알고 있었다. 아버지도 일단 당항성으로 가서 거기서 배를 타고 당나라로 간다. 가진도 언젠가는 당나라로 유학을 가고 싶었다. 큰 나라에서 많은 것을 배우고 돌아와 나라에 꼭 필요한 사람이 되고 싶었다.

"소자도 아버지를 모시고 가고 싶습니다."

아버지가 사신으로 당나라에 간다는 말을 들은 순간부터 마음속에 담아 두었던 생각이었다. 아버지가 고개를 끄덕였다.

"그래, 당나라는 언젠가 한 번은 가 봐야 할 곳이지. 만약 다음 번에 또 사신으로 가게 된다면 그 때는 폐하의 윤허를 얻어 너도 데려가도록 하마."

나라의 환란에 무거웠던 가진의 마음이 순간 밝아졌다. 넓은 세상을 돌아볼 생각을 하니 가슴이 설렜다. 그 때가 언제가 될지는 모르지만 그냥 아버지를 따라가는 것이 아니라 아버지께 도움이 되어 드리고 싶었다. 당나라 사람들에게 신라 화랑의 의연한 기개도 보여 주고 싶었다. 그러려면 더 열심히 공부하고 무예를 연마해야 할 것이다. 세상살이의 이치도 제대로 꿰뚫어 볼 줄 아는 사려 깊은 사람이 되어야 할 것이다.

촛불도 가진의 설레는 마음을 안다는 듯 춤추듯 너울거렸다.

3.

찬연한 가을빛이 서라벌을 흠뻑 물들일 무렵, 또다시 엄청난 소식을 가지고 전령이 활리역에 들이닥쳤다. 백제 장군 윤충이 만오천이나 되는 병사를 거느리고 대야성(경남 합천군)을 공격한다는 소식이었다. 백제군에 40여 개 성을 빼앗긴 지 한 달이 채 안 된 때였다.

전령은 이내 궁궐로 달려갔다. 소식이 전해지면 조정은 충격에 휩싸일 터였다. 지귀는 일이 손에 잡히지 않아 광덕에게 달려갔다.

"왜 대야성이에요? 지난번 전령이 분명 당항성이라고 했잖아요."

"아마도 백제군이 헛소문을 퍼뜨린 모양이다. 백제는 처음부터 대야성을 노린 것인지도 몰라."

"그럼 지금이라도 당장 원군을 보내야 하잖아요. 대야성을 빼앗기면 안 되잖아요."

대야성은 신라에 아주 중요한 큰 성이다. 대야성이 함락되면 물자가 풍부한 옛 가야 지역 땅을 잃게 될 뿐 아니라 도성 서라벌까지 위험해진다.

"지금 당장은 원군을 보내기가 어려울 거다. 너도 알다시피 김유신 장군은 당항성에 가 있고, 서라벌에는 알천 장군의 부대가 있을 뿐이거든. 대야성이 아무리 위급해도 도성을 지키는 군사들을 보낼 수는 없지. 원군을 보내더라도 당나라에 간 사신이 돌아온 다음, 당항성이 안전하다 싶으면 아마도 그 때 김유신 장군의 부대를 보낼 거다. 그 때까지 대야성이 잘 버텨 주어야 할 텐데……."

"대야성의 군사는 삼천이라고 하던데요? 삼천으로 만오천의 백제 군사를 당할 수 있을까요?"

"대야성은 군량이 넉넉하니, 성문을 굳게 잠그고 농성하면 오래 버틸 수 있을 거다. 부디 잘 버텨 주기를 빌어야지……."

지귀도 사지 광덕과 같은 마음이었다. 원군이 갈 때까지 대야성이 버텨 주는 것 말고는 달리 방법이 없는 듯했다.

그러나 사흘 뒤 대야성이 함락되었다는 마른 하늘에 날벼락 같은 소식이 또다시 서라벌로 날아들었다. 군량 창고에 불이 나 민심이 흉흉해져 더는 버틸 수 없었다는 것이다. 대야성 성주 품석이 처자를 데리고 성 밖으로 나가 항복했는데, 윤충이 모조리 죽였다고 했다. 윤충은 성주와 성주 부인의 목을 베어 백제의 도성으로 보냈다고 했다. 백제군은 성안으로 들어와 약탈하고, 불을 지르고, 부녀자를 욕보이는 등 대야성의 참상이 이루 말로 형언하기 어려운 지경이라는 것이다.

사지 광덕은 그 소식에 충격을 받은 듯 나무 아래 넋을 놓고 앉아 있었다. 지귀는 광덕에게 다가갔다.

"아재, 여기서 뭐하고 계세요? 수장께서 찾으세요."

광덕은 둘만 있을 때는 아재라고 부르라고 했다. 지귀도 광덕이 당숙 아재 같아서 그렇게 부르는 것이 편했다. 광덕이 지귀를 쳐다보더니 옆에 앉으라고 했다.

"수장께서 찾으신다니까요."

"조금 있다 가도 돼. 내 기분이 아주 말이 아니다. 대야성이 무너졌으니 우리 폐하께서 얼마나 상심하시겠니. 더구나 대야성 성주는 이찬 춘추공의 사위잖냐. 대신들이 반대하는데도 이

찬공한테 힘을 실어 주시려고 사위 품석을 대야성 성주로 임명
하셨거든. 대야성이 천험한 요새인데 그걸 못 지키고 덜컥 항
복을 했으니, 폐하의 심정이 어떠하시겠냐?"

지귀는 나무 아래 앉으면서 광덕을 빤히 바라다보았다. 여
왕에 대한 광덕의 충성심은 이미 아는 바이지만, 문득 유별나
다는 생각이 들었던 것이다.

"뭘 그렇게 봐? 넌 나라 걱정이 되지도 않냐?"

"신라의 사내라면 당연히 나라 걱정을 해야죠. 그치만 아재
는 좀……."

"그래. 내가 좀 유별나 보이기는 할 거다. 근데 너 누군가를
사모해 본 적은 있냐?"

뜬금없는 질문이어서, 지귀는 잠자코 광덕을 바라보기만
했다.

"보아하니, 사모는커녕 누굴 좋아해 본 적도 없는 모양이구
나."

"난 그런 데 관심도 없어요. 난 귀한 뜻을 가지고 나라에 큰
일을 하는 대장부가 되고 싶을 뿐이라구요."

"혹시 너 어디 모자란 거 아니냐? 그 나이가 되도록 처자한
테는 관심도 없다니?"

광덕이 지귀를 아래위로 훑어보며 물었다. 지귀가 황급히

손사래를 쳤다.

"왜 이래요, 아재. 난 정상이라구요, 정상."

광덕이 껄껄 웃었다.

"녀석 순진하긴."

"근데 아재는 누굴 사모해 보셨어요?"

"사모해 본 게 아니라 지금도 사모하고 있지. 처자식이 다 있어도, 내 마음은 그분을 처음 뵈었을 때 그 마음 그대로야."

"그분이라면 혹시……?"

지귀가 어림짐작으로 묻자, 광덕이 고개를 끄덕였다.

"네가 아들 같고 조카 같아서 털어놓는 건데 말이다. 내 나이 스물몇 살 때, 폐하께서 아니, 그 때는 공주마마셨지. 공주마마께서 이 활리역에 납신 적이 있었어. 그 때 처음으로 가까이서 공주마마를 뵐 수 있었지. 공주마마는 서른을 훌쩍 넘기신 나이였는데도 열여섯 소녀처럼 앳되고 아름다우셨지. 그리고 또 얼마나 기품이 있으셨던지……. 그 때부터 내 마음 속엔 오직 우리 폐하뿐이었단다. 혼인을 하고 자식들이 있어도, 집에 있는 것보다는 여기서 일하는 게 더 좋거든. 여기 있으면 조정 소식이랑 우리 폐하 소식을 들을 수 있잖냐."

광덕은 잠시 먼 하늘을 쳐다보더니 벌떡 일어섰다. 지귀도 따라 일어섰다.

"지금 내가 한 얘기 우리 둘만 아는 비밀이다."

지귀는 고개를 끄덕였다.

"이제 그만 수장한테 가 봐야겠다. 나보다 나이는 아래지만 그래도 상관인데, 상관을 너무 오래 기다리게 해서는 안 되지."

지귀는 나무 아래 선 채 멀어져 가는 광덕의 뒷모습을 지켜보았다.

'사모한다는 건 대체 어떤 마음일까? 어떤 마음이기에 삼십 년도 넘게 그 마음이 변하지 않는 걸까?'

언뜻 지귀의 마음에 그런 생각이 스쳐갔다.

4.

집안이 휘휘했다. 어머니와 동생들은 안채에서 꼼짝도 하지 않고, 하인들도 아무 소리 내지 않고 살금살금 집안을 오갔다. 드나드는 사람이 많아 늘 부산했던 집안이 사람이 살지 않는 폐가처럼 을씨년스럽기만 했다.

아버지는 아까부터 기둥에 기대어 꼼짝도 않고 서 있었다. 누가 지나가도 알아차리지 못했고, 법민이 가까이 서서 지켜보고 있는 것도 모르는 듯했다.

법민은 아버지의 분노와 슬픔을 이해했다. 법민도 아버지 못지않게 슬프고 힘들었다. 법민이 이 세상 누구보다도 사랑한 누나 고타소가 죽었다. 그것도 적국의 장군 칼에 죽었고, 목이 잘려 적국 백제로 보내졌다. 항복한 장수는 죽이지 않는 법이라는데 윤충은 자형과 누나와 어린 조카까지 무참히 죽여 버린 것이다. 그것도 모자라 시신도 제대로 수습하지 못하게 만들었다. 저들은 그것으로 백제 성왕의 원수를 갚았다면서 함성을 질렀다고 했다.

'자형이 항복하지 말고 차라리 자결했으면 어땠을까?'

자형 품석은 자결할 만한 위인도 못 되었다. 그러니 일찌감치 항복을 한 것이 아니겠는가. 품석이 끝까지 싸우다 전사했다면 누나도 그런 지아비를 자랑스러워했을 테고, 그나마 아버지나 법민에게는 손톱만큼이나마 위로가 되었을지도 모른다.

그래서 법민은 한층 누나의 죽음이 안타깝고 원통했다. 만약 누나에게 열렬히 사랑하는 사람이 있어서 그 사람에게 시집을 갔더라면 누나는 스물두 살 꽃다운 나이에 죽지 않았을지도 모른다. 아니 죽었다 해도, 진정으로 사랑하는 사람과 함께였다면 아무런 여한이 없었으리라.

하지만 불행하게도 누나에게는 사랑하는 사람이 없었다. 사랑하는 사람을 만나기도 전에 혼인을 했다. 누나는 물론 자형을 사랑하지 않았다. 누나의 짝이 되기에 품석은 모자라는 것이 많은 사람이었다. 진골이면서도 화랑이 되지도 못했다. 그래서 누나는 혼인을 한 뒤에 더더욱 법민을 아끼고 자랑스러워했다.

"네 자형이 널 반만 닮았어도 정말 좋겠다."

누나는 혼인한 뒤 집에 와서는 가끔 그렇게 말하곤 했다. 아버지도 자형을 썩 마음에 들어 하지는 않았지만 집안끼리 약속한 일이라 혼인을 시켰다. 그것이 5년 전 일이었다. 혼인을 하고 누나는 내내 자형과 함께 서라벌에서 살았는데, 일 년 전 자형이 대야성 성주로 발령이 났다.

대야성으로 가기 싫다고 했던 누나의 모습이 떠올랐다. 누나는 이런 비극을 예상하기라도 했던 것일까?

나라에서 맡긴 성도 제대로 지키지 못하고 처자식조차도 지켜 주지 못한 못난 성주. 법민은 자형 품석이 한없이 원망스러웠다.

그러나 그보다 더 미운 것은 백제였다. 끊임없이 신라를 괴롭히고, 이제는 사랑하는 누나까지 죽였다. 그리고 누나와 자형의 목까지 베어 갔다. 살아 있는 한, 아니 죽어도 용서할 수 없는 일이었다.

그 동안은 누나가 보고 싶어도 언젠가는 다시 만나려니 생각하며 그리움을 참았다. 그러나 이제는 아무리 보고 싶어도 사랑하는 누나 고타소를 다시는 볼 수 없다. 법민에게 남은 것은 평생 지니고 가야 할 가슴아픈 그리움뿐이다.

법민의 눈에 눈물이 고였다. 가슴이 에일 듯 아파왔다. 고타소의 소식을 듣고 산으로 달려가 통곡하며 울었는데, 아직도 흘릴 눈물이 남아 있는 것일까?

"아, 대장부가 어찌 백제를 집어삼키지 못할소냐!"

아버지가 나지막이 신음하듯 내뱉었다. 아버지의 그 말에 대답이라도 하듯 법민의 눈에서 눈물이 펑펑 쏟아졌다.

법민은 눈물을 씻으며 이를 악물었다. 그리고 하늘을 쳐다보며 맹세했다.

'언젠가는 반드시 백제를 쳐서 누나의 원수를 갚겠습니다. 반드시, 반드시……'

5.

저녁, 하루의 정무를 끝내고 편히 쉴 시간이었다. 하지만 여왕은 탁자 앞에 앉아 아까 어전회의 때 매듭짓지 못한 문제를 내내 생각하며 고심하고 있었다.

어전회의 때 춘추가 고구려에 군사를 청하러 가겠다고 주청했다. 대야성이 함락되고 사위와 딸이 죽고, 게다가 사위가 성을 제대로 지키지 못한 탓에 그 책임 문제로 구 대신들의 공격을 받고 있는 춘추였다.

춘추는 고구려 왕과 담판을 짓겠다고 했다. 고구려와 신라가 동맹을 맺어 두 나라 사이의 전쟁을 끝내고 같이 백제를 치면, 고구려도 신라도 강해지고 함께 힘을 합쳐 당나라에 맞설 수도 있을 것이라고 설득할 것이라 했다.

비담을 위시한 구 대신들이 지금 고구려 나라 안 정세가 좋지 않아 위험하다며 반대하고 나섰다. 그즈음 고구려에서는 연개소문이 임금을 시해하고 임금의 아우인 장을 새 임금으로 세운 뒤, 스스로 막리지가 되어 막강한 권력을 휘두르고 있었다.

"만약 사신으로 갔다가 도리어 볼모로 잡히기라도 한다면 어찌할 것입니까? 그리 되면 우리 신라는 춘추공을 구하기 위해 대야성보다 더 큰 것을 잃을 수도 있사옵니다."

비담의 주장에 춘추가 반박하고 나섰다.

"고구려가 전쟁을 각오하지 않고서야 어찌 이웃 나라 사신을 해친단 말이옵니까? 우리에게는 김유신 장군이 있고, 고구려 또한 나라 안 정세가 복잡한지라 그런 무리수는 두지 않을 것이옵니다. 신을 고구려에 보내 주시옵소서."

춘추와 비담의 설전이 계속되었고, 결국 여왕은 한 번 더 심사숙고한 다음에 결정을 내리겠다면서 회의를 끝마쳤던 것이다.

'춘추를 고구려에 보내야 하나 말아야 하나?'

여왕은 오른손 검지로 탁자를 톡톡 두드렸다. 백제의 거침없는 공격을 받고 있는 신라로서는 이웃 나라의 힘이 절실히 필요했다. 어떻게든 대야성을 되찾고 하늘을 찌를 듯한 백제의 기세를 꺾어야 했다. 그렇지 않으면 백제는 계속 신라로 쳐들어올 터였다.

사실 여왕도 당나라보다는 고구려와 손을 잡는 것이 여러모로 더 낫다고 판단하고 있었다. 고구려와 손을 잡으면 백제를 충분히 견제할 수 있고, 그 동맹이 깨어지지 않는 한 평화도 보장된다. 그에 비해 당나라는 동맹을 맺기도 어렵고, 그만큼 더 많은 것을 내주어야 할 터였다. 무엇보다 큰 나라의 오만이 여왕은 마음에 들지 않았다.

처음 임금의 자리에 올랐을 때, 당 임금은 향기 없는 모란꽃 그림과 씨앗을 보내 여왕을 은근히 조롱했다. 혼인하지 않아 혼자인 여왕을 향기 없는 꽃에 빗댄 것이다. 여왕은 그 조롱을 의연히 받아넘겼지만 속으로는 이를 악물었다.

'이게 다 작고 약한 나라가 겪어야 하는 설움이다. 내 반드시 신라를 당에 당당히 맞서는 강한 나라로 만들고야 말 것이다.'

그로부터 10년이 지났는데도 신라는 여전히 이웃 나라의 침략에 시달리는 약한 나라일 뿐이었다. 여왕은 갑자기 가슴이 답답해져 자리에서 벌떡 일어났다.

여왕은 뜰로 나왔다. 머릿속이 복잡하거나 가슴 속이 꽉 막힌 듯할 때, 내전 뜰로 나와 바람을 쐬는 것은 여왕의 버릇이었다. 여왕을 호위하는 시녀들이 그림자처럼 여왕을 따라나섰다.

어느새 초겨울, 밤바람이 차가웠다. 뜰에서 바람을 쐬기에는 제법 추운 날이었다. 젊었을 때는 이 정도 추위쯤은 아랑곳하지 않고 꽤 오랜 시간 뜰을 거닐며 생각에 잠기곤 했는데, 이젠 잠시 서 있었을 뿐인데도 한기가 느껴졌다.

'나도 이제 늙었구나. 하긴 내 나이가 환갑을 훌쩍 지났으니……. 임금이 되면서 신라를 위해 꾸었던 꿈을 이루지 못하고 이대로 살다 가는 것은 아닐까?'

갑자기 서글프고 불안한 감정이 여왕을 휘감았다.

신라가 나라를 연 이래 스물일곱 번째로 첫 여왕이 나왔다. 진평왕 말년, 덕만 공주의 왕위 계승이 사실로 굳어지자 이에 불만을 품은 이찬 칠숙과 아찬 석품이 역심을 품었다. 다행히 그 역모는 사전에 발각되어 칠숙과 석품은 처형되었지만, 덕만 공주가 다음 임금이 되는 일이 순조롭지만은 않았던 것은 사실이었다.

그래서 더더욱 여왕은 어느 대왕보다 강한 임금이 되고 싶었다. 여왕이어서 정치를 잘 못했고, 여왕이어서 이웃 나라가

얄잡아 보고 선대왕 시절보다 더 자주 신라를 침범했다는 말은 듣고 싶지 않았다. 반대로 여왕이어서 어머니처럼 백성들을 더욱 사랑했고, 나라도 잘 다스렸으며, 신라를 이웃 나라가 감히 넘볼 수 없는 강한 나라로 만들 수 있었다는 말을 듣고 싶었다.

여왕은 밤하늘을 쳐다보았다. 맑게 갠 차가운 밤하늘에 별이 총총했다. 언제 보아도 별빛은 변함없이 맑고 깨끗했다. 여왕은 가만히 숨을 내뱉었다.

'그래, 춘추를 고구려에 보내자. 지금으로서는 그것이 최선이니까.'

한기가 옷 속으로 파고들었다. 이 한기를 이길 수 있는 젊음이 이제 여왕에게는 없었다. 여왕은 시녀들을 돌아보며 부드럽게 말했다.

"밤바람이 차구나. 그만 들어가야겠다."

6.

활리역에 말을 탄 전령이 도착했다. 전령은 말에서 풀쩍 뛰어내려 활리역 수장의 처소로 달려갔다.

'또 무슨 소식일까?'

지난 여름부터 이 곳 활리역에서 지귀는 여러 소식을 들었다. 백제의 침공과 대야성 함락 같은 엄청난 소식도 있었지만 기쁜 소식도 있었다. 김유신 장군이 압량주(경북 경산시) 군주로 임명되었다는 소식이었다. 조정 소식통인 사지 광덕이 겨울이 막 시작될 무렵 알려 주었던 것이다.

"폐하께서 장군님한테 서라벌 일대를 방어하는 책임을 다 맡기신 게야. 장군님의 영향력도 그만큼 막강해졌고 말이다. 그나저나 이제 장군님이 더 바빠지시겠구나. 서라벌과 압량주를 오가셔야 할 테니······."

그 일이 있은 뒤 바로 이찬 춘추공이 수행원 한 사람을 데리고 고구려로 떠났다.

"이찬공이 장군한테 60일 안에 돌아오겠다고 약속하고 떠났다는구나. 만일 이찬공이 그 때까지 돌아오지 못하면 반드시 구하러 가겠다고 장군 또한 약속을 했다더라. 두 분의 우의는 정말 대단해. 에구, 나한테는 왜 그런 벗이 없을꼬······."

"대신 폐하가 계시잖아요."

지귀가 놀리듯 말하자, 광덕이 지귀의 어깨를 탁 쳤다.

"너, 이 아재를 놀리면 벌 받는다."

그렇게 떠난 춘추공은 약속한 60일이 지나도 돌아오지 않았다. 다만 고구려에 들어가 있는 간자의 전갈이 왔을 뿐인데, 그 사연은 이러했다.

춘추공이 협상을 하려 하자 고구려 왕은 지난날 고구려 땅이었던 죽령 땅을 내놓으라고 했습니다. 춘추공은 그런 제안은 받아들일 수 없다고 거절했고, 고구려 왕은 춘추공을 평양성 객관에 억류해 두었습니다. 물론 그 모든 일을 뒤에서 지휘한 사람은 연개소문입니다. 연개소문은 춘추공을 돌려 보내지 않을 생각인 것 같습니다.

그 전갈을 들은 여왕이 김유신 장군에게 춘추공을 구하러 가라 명했고, 장군은 용사 3천 명을 모집했다. 그리고 며칠 전, 김유신 장군이 이끄는 3천 명의 병사들이 서라벌을 출발하여 이 곳에서 하룻밤을 묵고 북쪽으로 떠났다.

"3천의 병사로 이찬공을 구해 올 수 있을까요?"

김유신 장군의 부대가 떠난 뒤, 지귀는 걱정이 되어 광덕에게 물어 보았다.

"고작 3천으로 어떻게 고구려 평양성까지 쳐들어갈 수가 있겠냐? 너 폐하께서 왜 김유신 장군이 출정한다는 소문을 널리 퍼뜨리게 하셨는지 아냐?"

"왜 그러신 건데요?"

"고구려에 우리 신라 간자가 들어가 있듯이 신라에도 고구려 간자가 들어와 있거든. 고구려 간자가 이 소문을 들으면 분명 고구려 왕에게 알리겠지. 고구려 왕도 김유신 장군의 명성은 이미 들어 알고 있을 테고 다른 나라의 사신을 가두어 둔다는 게 사실 잘한 일은 아니거든. 그러니까 김유신 장군의 출정에 대한 보고를 받으면 이찬공을 풀어 줄지도 모르지. 그럼 우리는 손도 안 대고 코 푸는 격이고, 그래서 일부러 소문을 퍼뜨리게 하신 게야."

"그렇군요."

지귀는 부디 광덕의 말이 들어맞기를 바라면서 고개를 끄덕였다. 김유신 장군은 지귀를 활리역 역졸이 되게 해 주신 고마우신 분이었다. 장군님도 이찬공도 아무 탈 없이 하루 빨리 돌아왔으면 싶었다.

'조금 전에 달려온 그 전령, 혹시 장군님이나 이찬공의 소식을 가져온 것은 아닐까?'

지귀가 그런 생각을 하고 있는데 역졸 하나가 다가왔다.

"지귀, 수장께서 찾으신다. 어서 가 봐."

지귀는 수장의 처소로 달려갔다. 수장이 지귀를 보고 기분 좋게 웃으며 말했다.

"전령이 좋은 소식을 가져왔다. 고구려 왕이 이찬공을 풀어 주었다는구나. 뿐만 아니라 극진히 대접한 다음, 관리에게 명하여 국경까지 호위하게 했다는구나. 김유신 장군께서는 국경에서 이찬공을 만나 함께 돌아오신단다. 김유신 장군이 출정했다는 소식에 고구려 왕이 마음을 고쳐먹었나 보구나. 하하."

수장이 한바탕 웃더니 다시 말을 이었다.

"전령이 달려갔으니 조정에 이 기쁜 소식이 곧 전해지겠지. 넌 지금 서라벌 이찬공 댁으로 가야겠다. 김유신 장군께서 법민랑에게 전하는 서찰을 내게 부탁하셨다. 장군께서는 특히 너를 지목하여, 네가 법민랑에게 서찰을 전했으면 좋겠다고 하셨다는구나. 장군의 부탁이니 내 특별히 말을 내주겠다. 한달음에 달려가 전하여라."

"예, 속히 다녀오겠습니다."

지귀는 자랑스럽고 또 기분이 좋아 환하게 웃으며 힘차게 대답했다.

7.

지귀는 오후 늦게 법민의 집에 도착했다. 몹시 추운 겨울날이었다. 따뜻한 남쪽 서라벌에 오랜만에 찾아온 맹추위에 지귀의 두 뺨이 빨개져 있었다.

"김유신 장군님의 서찰을 가지고 왔어요. 법민랑에게 전하라고 하셔서……."

지귀는 대문 앞에서 하인에게 말했다. 하인은 잠시 기다리라고 하더니 안으로 들어갔다 다시 나왔다.

"도련님이 널 데려오라신다."

지귀는 하인을 따라 법민의 처소로 갔다.

법민은 따뜻한 방 탁자 앞에 앉아 있었다. 바깥에는 아직 오후의 햇살이 남아 있었지만 방 안은 어둑했고, 촛불이 가냘프게 실내를 밝히고 있었다.

어둑한 방 안 탓인지 법민의 얼굴도 그늘져 보였다. 아마도 아버지에 대한 걱정 때문일 것이라고 지귀는 짐작했다. 그래서 지귀는 서찰을 전하면서 수장이 들려준 춘추공의 소식도 함께 전했다. 법민이 얼른 서찰을 뜯어 읽었다.

이윽고 서찰을 다 읽고 탁자에 내려놓으면서 법민이 지귀를 바라보았다. 지귀도 법민을 마주 보았다. 너울거리는 불빛에 비친 법민의 잘생긴 얼굴이 한결 부드럽고 밝아져 있었다.

"서찰을 전해 줘서 고맙네. 이름이 뭔가?"

"지귀입니다."

지귀는 깍듯하게 대답했다. 나이는 또래였지만, 법민은 골품 높은 진골이었다.

"오늘 날씨가 춥더군. 잠시 몸 좀 녹이고 가게나. 거기 앉지."

지귀는 법민 맞은편에 앉았다. 법민이 하인을 불러 차를 내오게 했다. 따뜻한 방에서 따끈한 차를 마시자 얼었던 몸이 조금씩 풀리는 듯했다.

"지귀라고 했던가, 이름이?"

"네."

"그 이름, 외숙한테서 들어본 것 같군."

"대당에서 훈련 받을 때 장군님을 만났습니다."

지귀는 지난 일을 간단하게 말하고는 마지막에 자신의 결심을 덧붙였다.

"장군님은 제게 은인이나 다름없는 분입니다. 장군님이 시키시는 일이라면 뭐든 할 생각입니다. 그건 결국 우리 신라를 위한 일도 되니까요……."

법민이 생각에 잠긴 얼굴로 지귀를 잠시 바라보더니 문득 물었다.

"자네도 신라를 위해 무언가 큰일을 하고 싶나?"

지귀는 진지한 표정으로 고개를 끄덕였다. 아버지가 지귀라는 이름을 지어 준 깊은 뜻을 지귀는 잊지 않고 있었다. 어렸을 때도 그랬지만 대당에서 훈련을 받으면서부터 더욱 그런 생각을 가졌다. 이름처럼 귀한 뜻, 큰 뜻을 가지고 큰일을 하는 사람이 되고 싶었다.

"저뿐 아니라 신라의 젊은이라면 누구나 마찬가지일 겁니다. 진골이건 평민이건 간에……."

지귀가 다부지게 말했다. 법민이 가만히 웃음을 머금었다.

"외숙께서 왜 자네를 눈여겨보셨는지 알 것 같군. 나중에 외숙께서 분명 자네를 긴히 쓰실 걸세."

지귀의 두 눈에 어린 촛불의 불꽃이 순간 환하게 타올랐다.

"정말 장군님께 힘이 되어드릴 수만 있다면 무슨 일이든 신명을 다 바쳐 일할 겁니다."

지귀의 결의 어린 말에 법민이 고개를 끄덕였다.

"고맙군. 외숙을 돕는 것은 결국 내 아버지와 나를 돕는 것이나 마찬가질세. 자네가 내 정식 낭도는 아니지만, 이제부터 자네를 낭도나 다름없이 생각하겠네."

"사실은 군역을 마칠 무렵 낭도가 되고 싶다는 생각을 했습니다. 실행에 옮기지는 못했지만……."

그 때 지귀는 가진을 찾아가 낭도가 되겠다고 할 참이었다. 7년 전 영묘사 약수터에서 우연히 만났던 가진. 짧은 만남이었지만 가진은 오래 지귀의 마음에 남아 있었다. 대당에 들어가 훈련을 받으면서 지귀는 가진이 화랑이 되었음을 알았다. 어쩐지 가진도 자신을 기억하고 있을 것 같았다. 가진을 찾아가 낭도가 되겠다고 하면 기꺼이 받아 줄 것 같았다.

화랑의 낭도가 되면 스물서너 살 때까지 화랑의 지휘 아래 병사 훈련을 받는데, 그 동안에 공을 세우거나 재주가 있으면 낭도 조직의 여러 직책에 오를 수도 있었다. 그리 되면 화랑을 도와 나랏일도 할 수가 있고, 혹 그 나이가 되도록 직책을 얻지 못하면 화랑 조직에서 나와 병부(국방부)에 소속되거나 향리로 돌아가 마을 지도자가 될 수도 있었다. 남다른 뜻을 가지고 있는 평민이라면 낭도가 되는 것이 그 뜻을 이루는 가장 빠른 길이었다.

그래서 지귀는 가진의 낭도가 되고 싶었던 것인데, 생각만 했을 뿐 막상 여러 가지 이유에서 가진을 찾아가지는 못했다.

"누구의 낭도가 되고 싶었나?"

꿈꾸는 듯한 눈빛으로 촛불을 바라보고 있는 지귀를 보며 법민이 물었다. 순간 지귀는 당황했다.

지금 서라벌에는 다섯 화랑이 있고, 최고 화랑인 한 사람의 풍월주가 있다. 화랑들은 각각 백 명에서 삼백 명에 이르는 낭도들을 거느렸다. 그들 다섯 화랑 중 으뜸으로 손꼽히는 화랑이 가진과 법민인데, 머지않아 둘 다 대(大)화랑이 될 것이라 했다. 대화랑은 여러 화랑 중에서 세 명을 뽑는데, 대화랑이 되면 다음 풍월주가 될 자격을 얻는다.

그런 만큼 둘이 절친한 벗이 될 수도 있으련만, 둘은 서로 친하지 않았다. 아니 친할 수가 없었다. 조정 대신인 그들의 아버지가 서로 뜻을 달리하기 때문이었다. 서로 가까워질 수 없는 아버지들 때문인지 가진과 법민이 서로 경쟁하는 사이라는 소문도 들었다. 때문에 지귀는 선뜻 법민 앞에서 가진의 이름을 말할 수가 없었다.

머뭇거리는 지귀를 보며 법민이 웃었다.

"하하, 나는 아니었던 모양이군. 허나 이젠 내 낭도나 다름없으니 그걸로 된 게지. 안 그런가?"

지귀도 멋쩍게 웃으며 고개를 끄덕였다.

법민과 잠시 더 이야기를 나눈 다음 지귀는 법민의 집을 나왔다. 해가 지려하고 있었다. 파란 얼음장 같은 하늘에 선연한 주홍빛 노을이 눈물겹게 아름다웠다. 따뜻한 방 안에 있다 나와서 그런지 뺨을 스쳐가는 바람이 한층 매웠지만 지귀의 마음은 숯불처럼 뜨거웠다.

법민에게서 낭도나 다름없이 생각하겠다는 말을 들었고, 언젠가는 법민의 외숙부인 김유신 장군을 도와 큰일을 하게 될지도 모른다. 자신이 꿈꾸던 삶이 그리 멀지 않은 곳에서 손짓하고 있는 것만 같았다. 그 손짓을 따라가기만 하면 아버지가 원했던 대로, 아버지보다 더 간절하게 자신이 꿈꾸는 대로, 귀한 뜻을 품고 그 뜻을 이루며 사는 사람이 될 수 있으리라.

지귀는 두 눈을 빛내며 말 등에 올라탔다. 말고삐를 힘껏 당겨 활리역을 향해 달렸다.

내 힘으로 지키리라

선덕 여왕 12년, 서기 643년

1.

새해 정월에 여왕은 신라의 특산물과 함께 사신을 당에 보냈다. 당에서는 이를 두고 '신라가 방물을 바쳤다'라고 했다. 방물(方物)은 지방 특산물이란 뜻인데, 나라와 나라 사이에서는 작은 나라가 섬기는 큰 나라에 보내는 특산물이라는 뜻이다. 또 특산물이 아닌 여느 예물을 보낼 때는 조공이라고 하였다.

당에서는 방물이나 조공이란 표현을 썼지만, 신라에서는 그냥 선물을 보낸다고만 했다. 방물이건 조공이건 신라로서는 작은 나라가 외교 관계를 부드럽게 하기 위해 큰 나라에 보내는 선물일 뿐이었다.

아버지 진평 대왕 때도 선물을 자주 보내곤 했지만, 여왕은 즉위한 뒤로 사신만 보냈었다. 그러다 지난해 봄에 처음 선물을 보냈고, 올해가 두 번째였다.

하지만 이제는 해마다 봄에 거르지 않고 선물을 보내야 할지도 몰랐다. 지난 겨울 춘추가 고구려와의 협상에 실패한 뒤로, 이제 신라가 의지할 곳은 당나라 뿐이기 때문이었다.

여왕은 사신을 보내면서 당 임금에게 보내는 국서도 함께 보냈다. 당나라에 유학 가 있는 자장의 귀국을 청하는 국서였다. 당나라에서는 그 문서를 신하가 임금에게 올리는 표문이라고 할 터였다. 외교적인 표현이야 어떻든 여왕에게는 단지 국서였다.

자장은 진골 명문 집안 자제로 소년 시절 화랑이었는데, 일찍이 출가하여 스님이 되었다. 여왕이 즉위한 뒤 자장에게 높은 벼슬을 내렸지만, 자장은 불도에만 전념하겠다며 받지 않았다. 여왕은 자장의 뜻을 이해하고 당나라로 유학을 보내 주었다. 당나라 임금이 다른 나라 인재들이 유학 오는 것을 장려하는 데다가 여왕 또한 신라를 위해 많은 인재들이 당나라로 유학가는 것을 장려하고 있었기 때문이다. 그 이후로 7년이 지났고, 자장은 이제 당나라 임금도 알아 주는 고승이 되어 있었다.

지난해 백제에 40여 개 성을 침탈당하고 대야성마저 함락된 뒤, 나라 전체가 활기를 잃고 가라앉아 있었다.

'이 난국을 헤쳐 나가려면 자장 같은 고승이 필요해. 자장을

당나라로 유학 보낸 것도 이런 날을 대비하기 위함이었지.'

여왕의 부름을 받고 자장이 3월에 귀국했다. 자장은 여왕을 알현한 뒤, 방책을 묻는 여왕에게 두 가지를 건의했다.

"안으로는 불사를 크게 일으켜 왕실의 권위를 높이고 백성들을 한마음으로 뭉치게 해야 하며, 밖으로는 당나라와 군사동맹을 맺어 백제와 고구려의 침략을 막아야 하옵니다."

"우리 신라가 살아남으려면, 당나라와 군사동맹을 맺어야 한다는 거, 짐도 잘 알고 있소. 허나 큰 나라와 군사동맹을 맺는 일이 그리 만만한 일이 아니니……."

"폐하, 외교란 서로에게 필요한 것을 주고받는 것이옵니다. 당나라의 군사를 빌리려면 우리도 그만한 것을 내어주어야지요."

"당나라에 또 무엇을 내어주란 말이오?"

"폐하, 당나라는 신라가 독자적인 연호를 쓰는 것을 달가워하지 않고 있습니다. 하오니, 백제나 고구려처럼 우리도 당나라 연호를 쓰고 더 나아가 관리들의 옷도 당나라 관복으로 바꿔 입으면 당나라도 신라의 진심을 믿고 확실한 우방이 되어줄 것입니다."

연호는 임금의 제위 연대에 붙이는 칭호로, 황제의 나라만 쓸 수 있었다. 고구려도 광개토대왕 때만 '영락'이라는 연호를 썼을 뿐 백제처럼 내내 당나라의 연호를 써 왔는데, 오로지 신라만 법흥왕 때부터 독자적인 연호를 써 오고 있었다. 주변의 작은 나라들을 제후의 나라쯤으로 여기는 당나라로서는 당연히 못마땅할 터였다.

여왕은 입술을 깨물며 생각에 잠겼다. 잠시의 침묵 뒤에 자장이 다시 간곡하게 말했다.

"나라의 존망이 걸린 일이옵니다, 폐하. 연호나 관복은 어찌 보면 형식일 뿐인데, 그 형식을 고집하다 알맹이를 잃는 일이 있어서는 아니될 것이옵니다."

마침내 여왕이 고개를 저었다.

"우리의 연호를 버리고 당나라 연호를 사용하는 일이며 관리들이 당의 관복을 입는 일은 짐이 혼자 결정할 일이 아니오. 대신들과 충분히 논의하고 백성들이 납득할 수 있을 때, 그 때 결정할 것이오."

여왕은 신라가 독자적인 연호를 쓰는 것을 늘 자랑스럽게 생각해 왔다. 즉위한 지 3년이 되던 해 여왕은 진평왕 때의 '건복'에 이어 여왕의 시대를 알리는 '인평'을 선포했고, 지금까지 그 연호를 써 오고 있다. 그 자랑스러운 연호와 신라의 관복을 이제 와서 포기하고 싶지는 않았다.

여왕은 연호와 관복에 대한 건의는 일단 보류한 채, 불사에 대한 건의는 그대로 받아들였다. 자장은 황룡사에 구층탑을 짓자고 했다.

황룡사는 90년 전인 진흥왕 때부터 짓기 시작한 서라벌 아니, 신라에서 가장 큰 절이었다. 이제 웅장한 절의 건물들은 거의 다 완공했고, 탑을 짓는 일만 남아 있었다.

"이제 탑을 세워 절을 완성하면 용 그림에 눈을 그려 넣는 격이니, 눈을 얻은 용이 비로소 하늘로 날아오르듯, 신라의 국운 또한 크게 뻗어나갈 것이옵니다."

"헌데 왜 하필 9층이오? 그렇게 높은 탑을 지으려면 공사하기도 까다롭고 힘도 많이 들텐데……."

"신라 변방의 적국은 모두 아홉 나라이옵니다. 고구려, 백제, 당과 왜, 그리고 여진, 거란, 말갈, 오월, 탐라. 탑의 9층은 이 아홉 나라를 상징하며 부처님의 가호로 적국의 침략을 막고자 하는 것이옵니다."

탑을 세우려면 비용도 많이 들고, 많은 백성들을 부역에 동원해야 하는 등 어려움이 많을 터였다.

'허나 탑을 지으면서 왕실과 조정 대신들과 백성들이 한마음 한뜻이 되어 이 난국을 헤쳐 나갈 수만 있다면야…….'

여왕은 마음을 정하고 자장에게 대국통(신라 최고의 승직)의 벼슬을 내린 다음, 황룡사 구층탑 공사를 맡겼다.

곧 공사가 시작되었다. 일꾼만 해도 2백여 명이 넘고, 탑의 높이가 225척(80여 미터)에 이르는 엄청난 대공사였다.

2.

가을이었다. 여왕이 대신들과 회의를 하는 조원전에 서늘한 기운이 감돌았다. 시종들이 조원전을 따뜻하게 데워 놓는데도 서늘함을 느끼는 것은 날씨 탓만은 아닐 터였다.

여왕은 당나라로 사신을 보내는 문제를 대신들과 의논 중이었다. 고구려와의 담판에 실패했으니 이제 당나라 임금에게 군사를 청하는 수밖에 없었다.

"폐하, 신이 당나라로 가겠사옵니다. 당나라 임금에게 청하여 반드시 군사동맹을 맺고 돌아오겠나이다."

춘추의 말이 끝나기가 무섭게 비담이 입을 열었다.

"춘추공은 지난 겨울에도 고구려에 가서 반드시 군사동맹을 맺고 오겠다고 장담하지 않았던가?"

춘추가 반박하려는데, 여왕이 먼저 말했다.

"공들도 알다시피 춘추공은 나라를 위해 적국 고구려에 사신으로 갔다가 두 달 동안이나 붙잡혀 있었소. 그리고 천신만고 끝에 다시 신라로 돌아왔소."

김춘추는 평양성 객관에 두 달 가까이 억류되어 있다가 기지를 발휘해 고구려 왕에게 죽령 땅을 돌려 주겠다는 거짓 약속을 하고 일단 풀려났다. 그 때 마침 김유신 장군이 출동했다는 간자의 보고를 받은 고구려 왕은 약속을 지킬 것으로 믿고 춘추를 보내 주었다. 춘추는 국경에 닿자마자 함께 따라온 고구려 관리에게 죽령 땅을 돌려 줄 수 없다고 분명히 밝히고는 국경을 넘어 김유신 장군과 함께 신라로 돌아왔던 것이다.

"비록 군사동맹을 맺지 못하고 돌아왔지만 짐은 춘추공이 헛일을 한 것은 아니라고 생각하오."

여왕이 춘추를 두둔하자 비담이 다시 나섰다.

"신의 말뜻은 연개소문이 어떤 인물인지 제대로 파악하지도 않고 무모하게 협상을 하러 간 일이 어리석었다는 것이옵니다. 만약 그 때 백제가 김유신 장군이 용사 3천을 이끌고 국경까지 간 사실을 알고 서쪽 변경 성을 공격했다면 우린 또다시 성을 빼앗겼을 것이옵니다."

춘추가 참다못해 반박하려하자 여왕이 얼른 손을 들어 제지했다. 그런 다음 비담에게 물었다.

"허면 공은 누구를 사신으로 보내야 한다고 생각하오?"

"폐하, 대아찬 염종이 지난해에 당나라로 가 백제의 당항성 침략 모의를 고한 덕분에 우리 신라는 당항성을 지킬 수 있었사옵니다. 이번에도 대아찬을 보내시옵소서. 공이 이미 당나라 임금을 알현한 적이 있는지라 이번 일에 적임자라 여겨지옵니다."

여왕이 대답하기도 전에 춘추가 여왕을 쳐다보며 다시 말했다.

"폐하, 신을 보내 주시옵소서. 신이 기어이 당 임금을 설득하여 군사동맹을 맺을 것이옵니다."

여왕은 춘추를 보았다. 춘추의 표정이 벼랑 끝에 내몰린 사람 같았다. 여왕은 춘추의 절박한 심정을 이해했다. 군사동맹을 정말 맺을 수만 있다면 춘추를 사신으로 보내고 싶기도 했다.

허나 청한다고 해서 선뜻 동맹을 맺을 당나라가 아니었다. 동맹을 맺으려면 신라는 간이며 쓸개까지 다 내어주는 시늉을 해야 할 터였다. 그런 연후, 군사를 보내는 일이 당나라에 이롭다는 셈이 나와야지만 당나라는 군사를 내어줄 것이다. 신라가 당나라의 처지라도 그러할 것이니, 나라와 나라 사이의 관계란 그렇게도 비정하고 냉혹했다.

어차피 이번에 사신을 보내는 일은 군사동맹을 위한 첫걸음일 뿐이다. 춘추가 가든 염종이 가든 당장은 성과가 없을 터였다. 만약 춘추가 가서 성과 없이 돌아오면 춘추는 비담을 위시한 구세력에게 더욱 공격을 받을 것이고, 두 세력 사이에 패인 골은 곱절로 깊어지리라. 또한 지난번 고구려와의 협상에서도 실패했는데 이번에도 굳이 춘추를 보낸다면, 여왕이 조카라서 춘추를 더 감싸고돈다는 뒷말이 돌 게 뻔했다. 품석을 대야성 성주로 임명한 것 같은 실수는 한 번으로 족했다.

여왕은 춘추에게서 고개를 돌려 대신들을 보았다.

"당나라에 보낼 사신은 대아찬 염종으로 정하겠소."

그러자 염종이 머리를 조아리며 말했다.

"폐하, 이번에 사신으로 갈 때 신의 아들 가진도 함께 데려가도록 윤허하여 주소서."

가진은 법민과 더불어 여왕이 아끼는 화랑이었다. 여왕은 잠시 숨을 고른 다음 대답했다.

"그리 하라."

3.

"폐하, 가진랑이 뵙기를 청하옵니다."

오후에 여왕이 정무를 끝내고 내전에서 쉬고 있을 때였다. 바깥에서 시녀가 고하는 말을 듣고, 여왕은 자신도 모르게 거울을 집어 들었다. 예순을 벌써 넘겨 버린, 품위 있게 나이 든 여인의 모습이 거울에 비쳤다. 여왕은 머리며 옷매무시를 가다듬고는 거울을 제자리에 놓은 다음, 천천히 말했다.

"들라 하라."

가진이 들어와 여왕에게 공손히 절을 했다. 여왕은 가진을 탁자에 앉게 하고 시녀에게 차를 내오라 일렀다.

"폐하의 성은으로 당나라에 가게 되었사옵니다. 하해와 같은 성은 어이 갚을지……."

가진은 당나라로 떠나기 전에 여왕에게 인사를 드리러 들른 것이다.

"인재를 발탁하고, 그 인재가 뻗어나가도록 길을 열어 주는 것이 임금의 책무니라."

여왕은 애써 조정 대신들에게 말하듯이 사무적으로 말하고는 덧붙여 물었다.

"그래, 준비는 다 했느냐?"

"예."

준비를 어떻게, 얼마만큼 했는지 이야기하는 가진을 여왕은 가만히 바라보았다. 가진의 반듯한 이마와 깊은 두 눈이 눈부셨다.

보름 전 일이 생각났다. 그 날 대화랑을 뽑는 무예 대회가 있었다. 다섯 화랑이 각자 낭도들의 열띤 응원을 받으며 그 동안 갈고 닦은 무예 실력을 겨루었다. 다섯 화랑 중에서 가진이 단연 돋보였다. 핏줄이 끌리는 법민보다 가진의 모습이 더 자주 눈에 들어왔다. 날렵한 몸매로 말을 타고 달리는 모습은 그림처럼 아름다웠다.

예상대로 가진과 법민, 그리고 다른 화랑 하나가 대화랑에 뽑혔다. 세 화랑이 여왕 앞으로 나왔다. 멀리서 무예를 겨루는 모습을 보다가 바로 눈앞에서 가진을 보는 순간 여왕은 숨이 콱 막히는 듯한 느낌이 들었다. 아직 어린 소년으로만 알았는데, 가진은 어느새 헌헌장부가 되어 있었다. 가을날 오후의 짱짱한 햇살이 가진에게만 쏟아지는 것 같았고, 가진의 늠름함 앞에 세상의 모든 소리도 사라져 버린 것만 같았다.

여왕은 순간 멈칫했으나 이내 마음을 추스르고 큰 소리로 위엄 있게 세 화랑을 대화랑으로 선포했다. 낭도들의 함성이 투명한 가을 하늘에 메아리쳤다.

그 날 이후로 자주 가진의 모습이 여왕의 눈앞에 떠올랐다. 가진을 생각하면 마음이 잠자리 날개처럼 여리고 투명해져, 건드리기만 해도 부서질 것 같았다. 그런 마음은 소녀 시절 이후로 처음이어서 여왕은 당혹스러웠다.

'지나가 버린 눈부신 젊음에 대한 동경, 아름다운 젊음에 대한 향수인 게지.'

여왕은 자신의 마음을 그렇게 단정 지었다. 하지만 지금 가진을 바라보고 있노라니, 그 단정에 다시금 의문이 들었다.

시녀가 차를 내왔다. 가진과 함께 차를 마시면서 여왕은 물고기 지느러미처럼 쉴새없이 설레는 마음을 다독였다.

"네 시와 문장 또한 으뜸이더구나."

무예 시합 전에 다섯 화랑은 먼저 글로써 겨루었다. 시와 문장을 각각 한 편씩 내게 했는데, 그 또한 가진이 으뜸이었다.

"과찬이시옵니다. 아직 미숙한데……."

가진이 겸손하게 말했다. 여왕이 부드럽게 웃었다.

"특히 네 노래, 시 말이다. 절절하게 마음을 울리더구나. 아마도 네가 누군가를 사랑하고 있어서 그런 모양이지?"

자신의 입 밖으로 나온 사랑이란 말이 돌연 비수처럼 여왕의 마음을 콱 찔렀다. 가진이 정혼녀인 설화를 생각하며 그 노래를 지었을 거라고 짐작하면서 무심히 물은 말이었다. 그런데……. 여왕은 또다시 당혹스러웠다.

"시를 지었을 때의 제 마음을 폐하께서도 그대로 느끼셨다니, 영광이옵니다."

여왕의 질문에 가진이 에둘러 대답했다. 이상하게도 여왕은 서운했다. 가진의 대답은 결국 설화를 사랑하는 마음이 그 시를 쓰게 했다는 것인데, 마음 한 구석이 베어져 나간 듯 아렸다. 여왕은 짐짓 흔연하게 말했다.

"당나라에 가거든 네가 보고 느낀 것들을 글로 써서 내게 보여 다오. 사실은 나도 당나라에 가 보고 싶었는데, 그럴 기회가 없었구나. 네가 쓴 글을 읽으면 나도 너와 함께 당나라를 둘러본 듯이 느낄 수 있을 듯하구나."

"그리하겠습니다, 폐하."

가진이 환하게 웃으며 대답했다. 잠시 뒤 가진은 자리에서 일어났다.

가진이 돌아간 뒤 여왕은 한동안 깊은 생각에 잠겼다. 뒤늦게 자신을 찾아온 묘한 감정에 대해 생각하고 또 생각했다. 어느 순간 깨달음 같은 번쩍임이 여왕의 마음을 후려치며 지나갔다.

'아, 그렇구나. 젊음에 대한 단순한 동경이나 향수가 아니라 이건……'

여왕은 자신도 모르게 다시 거울을 찾아들고 들여다보다가 도로 내려놓았다. 여왕의 입에서 조용한 한숨이 새어나왔다.

'젊었을 때 내가 꿈꾸었던 일이 이제야, 이렇게 느닷없이 찾아오다니……. 잔인하구나. 이제 내가 할 수 있는 일은 그 아이와 나 사이에 놓인 긴 세월을 하염없이 바라보는 것뿐일 터인데……. 마음을 닦아 부처님 세상으로 갈 준비를 해야 할 나이에 나더러 어쩌라고, 어쩌라고……'

4.

당나라는 말 그대로 대국, 큰 나라였다. 당항성에서 배를 타고 바다를 건너 산동 땅에 닿은 뒤부터 가진은 눈과 마음을 활짝 열고 당나라의 모든 것을 마음에 새겨 두려 애썼다.

"나라와 나라 사이에 영원한 동맹은 없는 법이다. 그 동안 백제와 고구려가 그랬듯이 오늘의 동맹국이 내일은 적국이 될 수도 있다. 더구나 당나라는 주변 나라를 조공이나 바치는 제후의 나라쯤으로 생각하는 큰 나라다. 그럴 만한 힘만 있다면 주변 모든 나라를 집어삼키고 말 게다. 그러니 내 나라를 제대로 지키며 살아가려면 동맹국이건 적국이건 이웃 나라에 대해 잘 알고 있어야 하느니……."

처음 보는 당나라의 풍물을 신기한 듯 바라보는 가진에게 아버지가 힘주어 말했다.

말을 타고 여러 날 동안 장안을 향해 가고 또 가면서 가진은 당나라가 정말 크고 넓은 나라라는 것을 뼈저리게 느꼈다. 영토가 넓다는 것이 이렇게 사람을 숨 막히게 압도하는 큰 힘이라는 것 또한 처음 알았다.

장안성은 대국의 도성답게 크고 화려했다. 황제가 있는 황궁 및 관청이 있는 궁성과 장인들과 상인들이 거주하는 외곽성으로 이루어진 장안성은 널찍한 도로가 사방으로 뻗어 있고, 시가지는 바둑판 같은 무수한 방(요즘의 동과 같은 행정구역)으로 구획이 지어져 있었다.

시가지는 황궁에 이르는 주작대로를 중심으로 동구와 서구로 나뉘었고, 거기에 각기 동시와 서시라는 장이 섰다.

사신들이 묵는 숙소는 관청 앞쪽 객관에 있었다. 아버지가 사신 일행과 함께 당나라 임금을 만날 준비를 하는 동안, 가진은 장안성 곳곳을 둘러보았다. 동시와 서시 야시장에도 가 보았다. 서라벌에도 동시와 서시 장이 서지만, 장안성의 장은 비교가 되지 않을 만큼 규모가 크고 화려했다. 시장의 저자(점포)마다 여러 나라에서 모아들인 진기한 물건들이 산처럼 쌓여 있었다. 밤에도 야시장이 열려 낮처럼 붐볐고, 등불들이 섬처럼 어둠 속에 둥둥 떠 있었다.

특히 놀라운 것은 서역 상인들이 버글거리는 서시였다. 생김새부터 낯선 서역 사람들과 서역의 노래와 춤, 옷과 먹을거리가 넘쳐나는 서시를 돌아다니다 보면 당나라가 아닌 서역에 와 있는 듯한 착각이 들곤 했다.

가진은 이국적인 서시를 둘러보는 것이 즐거웠다. 당나라만해도 광활하고 넓은데, 당나라 말고도 더 넓고 큰 세상이 또 있다는 것을 생각하면 가슴 한가운데에 아스라한 동경의 물결이 일었다. 그러면서도 한편으로는 저 멀리 동쪽 끝에 있는 작은 내 나라, 신라가 더 애틋하게 그리워지기도 했다. 신라를 떠난

지가 그리 오래 된 것은 아닌데 마치 여러 해를 남의 나라에서 산 듯한 아득한 향수가 밀려오기도 했다.

가진은 어머니와 설화에게 주려고 서시에서 목걸이와 팔찌 등 예쁜 장신구들을 여러 점 샀다. 어머니 것은 우아하고 점잖은 것으로, 설화 것은 예쁘고 앙증맞은 것으로 골랐다. 설화는 이찬 비담공의 막내딸로 어렸을 때 이미 가진과 정혼했다. 두 아버지들 사이가 그만큼 두터웠던 것이다.

설화의 서늘한 눈매와 단아한 모습을 생각하자 가진의 입가에 절로 엷은 웃음이 감돌았다. 갑자기 어머니와 설화가 보고 싶었고, 서라벌의 모든 것이 그리웠다. 낯선 거리며 진기한 풍물도 좋지만 역시 가장 좋은 곳은 서라벌이었다. 이렇듯 큰 나라에 와 보니, 내 나라를 소중히 잘 지켜야겠다는 생각이 무시로 마음을 후려치곤 했다.

'신라의 화랑으로서 사랑하는 어머니와 설화를 지키듯이 내 나라를 지키리라, 반드시 내 힘으로 지키리라.'

장안성 곳곳을 찬찬히 둘러보고 살펴보면서 가진은 스스로에게 다짐하고 또 다짐했다.

5.

아버지가 마침내 당나라 임금을 알현하러 황궁으로 들어간

날, 가진은 숙소에서 쉬었다. 그 동안 둘러본 일들을 차분하게 글로 정리하면서 아버지가 돌아오시기를 기다릴 작정이었다. 신라에서 보낸 군사를 청하는 국서를 보고 황제가 어떤 대답을 할지, 가진은 자신이 사신이 된 것처럼 초조하고 조바심이 났다.

'부디 좋은 결과가 있어야 할 텐데……'

가진은 조바심을 잊으려고 당나라에서 보고 들었던 여러 일들을 떠올리며 붓을 들었다. 여왕께 보여드리기로 약속했으니, 자신이 보고 느낀 대로 여왕 또한 생생하게 느낄 수 있도록 잘 쓰고 싶었다.

이윽고 생각을 가다듬어 글을 쓰기 시작했다. 한동안 가진은 글 쓰는 일에 몰두하여 시간이 흐르는 줄도 몰랐다.

문득 방 밖에서 인기척이 났다. 가진은 붓을 놓고 일어섰다. 아버지였다. 가진은 얼른 탁자 위를 치우고 뜰로 내려가 아버지를 맞았다. 가을빛이 눈물처럼 번져가는 뜰에 서 있는 아버지의 얼굴에 단풍 같은 그늘이 내려앉아 있었다.

"황제를 알현하신 일은 어찌 되었습니까?"

가진이 물었다. 아버지는 아무 대답도 않고 방으로 들어갔다. 가진도 따라 들어가 아버지와 탁자에 마주 앉았다.

"다른 두 분은……?"

가진이 조심스레 입을 떼었다.

"당나라에 와 있는 신라 사람들을 만나기로 약속이 돼 있어서 그리 갔다."

"황제가 뭐라 답했는지요?"

아버지가 이맛살을 찌푸렸다. 황제의 답이 심히 불쾌했음을 가진은 짐작할 수 있었다.

"황제가 세 가지 대책을 내놓았다. 첫 번째 대책이란 것이, 황제가 변방의 군사를 조금 내고 거란과 말갈을 합쳐 곧바로 요동으로 들어가는 것이라 하더구나."

황제는 그리하면 신라는 저절로 고구려와 백제의 침공에서 벗어나 일 년 동안은 안전할 수 있을 것이라고 했다. 그러나 그 뒤 이어지는 군사가 없는 것을 알면 백제와 고구려가 도리어 침략과 모욕을 함부로 할 것이니 결국 당나라까지 소란스러워질 것이라고 황제는 덧붙였다.

"들으나 마나 한 대책이군요."

"우릴 있으나 마나 한 사신으로 본 게야."

아버지의 목소리에 노기가 어렸다.

"두 번째는 어떤 대책인지요?"

"두 번째 대책은 더 우스꽝스럽더구나. 우리에게 수천 개의 붉은 옷과 기를 내려줄 테니, 고구려나 백제가 쳐들어오면 그

것들을 세워 벌여 놓으라고 하더구나. 저들이 그걸 보고 당나라 군사인줄 알고 반드시 달아날 거라면서 말이다."

가진이 입술을 깨물었다. 어린아이 장난도 아니고 어찌 큰 나라의 황제가 사신을 상대로 그런 어처구니없는 대책을 내어 놓는단 말인가. 군사동맹을 맺기가 쉽지 않은 줄 알고 있었지만, 아무래도 황제가 작은 나라라 하여 신라 사신들을 조롱한 듯한 느낌마저 들었다.

"허면 세 번째 대책은 무엇입니까?"

"세 번째 대책은 입에 올리고 싶지도 않구나."

아버지는 말을 끊고 방 저편을 바라보았다. 아버지의 표정이 날카롭게 벼린 칼날 같았다. 가진은 묵묵히 아버지가 말문을 열기만을 기다렸다. 이윽고 아버지가 입을 열었다.

"우리 신라는 부인을 왕으로 삼았기 때문에 이웃 나라들이 업신여겨 끊임없이 침략하는 것이라고 하더구나. 그러면서 당 황실의 종친 한 사람을 보내 신라의 임금으로 삼는 것이 세 번째 대책이라고 했다. 그러나 그 종친이 홀로 임금 노릇을 할 수는 없을 것이니 마땅히 군사를 보내 호위하게 할 것이며, 그러다 신라가 안정되면 다시 우리에게 맡겨 스스로 지키게 할 것이라고 하더구나."

가진은 저도 모르게 주먹을 불끈 쥐었다. 이런 수모와 설움을 당해야 하다니……. 가진은 새삼 작고 약한 내 나라, 신라가 안쓰럽고 마음아팠다. 그럴수록 더 꿋꿋하게 신라를 지켜 당나라에 맞서고 싶었다. 불끈 쥔 가진의 주먹에 한층 힘이 들어갔다.

"황제의 세 번째 대책을 듣고 났더니 속이 부글부글 끓어오르더구나. 그건 힘도 안 들이고 신라를 통째로 삼키겠다는 말이나 마찬가지지. 당나라 종친이 신라를 다스리다니, 어찌 그런 모욕까지 당해야 하나 싶더구나. 신라가 당나라만큼 큰 나라였다면 감히 '부인을 왕으로 어쩌고……' 하는 말 따위는 꺼내지도 못했겠지. 아비는 그것이 더 분했다. 마음 같아서는 죽을 각오를 하고 황제의 말에 항변하고 싶었지만, 먼 당나라에 도움을 구하러 온 처지로 두 나라 사이에 문제를 일으킬 수는 없는 일 아니더냐."

아버지가 긴 한숨을 토하더니 말을 이었다.

"황제가 세 대책 중 어느 대책을 따르겠냐고 묻기에, 일개 사신으로 나라의 중대사를 독단으로 결정할 수 없고 다만 황제의 뜻을 신라 조정에 전할 따름이라고 에둘러 대답했다."

그 말을 끝으로 방 안에 한동안 침묵이 흘렀다.

"결국 당나라는 진심으로 우리를 도울 생각이 없군요. 당나라가 원하는 것은 우리 신라를 집어삼키는 것뿐인 듯합니다.

할 수만 있다면 당나라는 삼국을 다 집어삼키고 싶을 겁니다."

이윽고 가진이 천천히, 깊은 생각 뒤에 결론을 내리듯이 말했다. 아버지가 고개를 끄덕였다.

"아비도 그리 생각한다. 어찌 생각하면 당나라는 백제나 고구려보다 훨씬 위험한 적국인지도 모른다. 백제나 고구려에게 뺏긴 땅은 언제든 되찾을 희망이라도 있지만, 만에 하나 신라가 당나라에게 먹힌다면 신라라는 나라는 아예 세상에서 없어지고 말 테니까. 그나마 다행인 것은 당나라가 고구려나 백제와는 달리 신라에서 멀리 떨어져 있다는 점이겠지."

가진은 아버지의 말에 조용히 귀를 기울였다. 서라벌에 있을 때도 나라를 위해 큰일을 하는 화랑으로 살아야 한다는 각오는 늘 하고는 있었지만, 당나라에 와서 업신여김을 당하는 작은 나라의 비애를 몸소 느껴 보니 그 각오가 뼈에 사무쳐 왔다.

"춘추공이 아니고 내가 사신으로 와서 정말 다행이다. 춘추공은 급한 마음에 어떤 대가를 치르더라도 당나라의 군사를 얻으려 할 테니 말이다. 신라로 돌아가면, 당나라에 의지할 것이 아니라 먼저 안으로 우리 힘을 기르자고 폐하께 주청드려야겠다. 당나라에 전적으로 의지하는 방책으로는 내 나라를 온전하게 지킬 수가 없다. 춘추공 일파가 반대를 하겠지만, 비담공과 우리 측 대신들이 적극 찬동할 것이니, 조금 더디 걸리고 돌아가는 한이 있어도 우리 힘으로 백제와 고구려를 물리치고 삼한 통일을 이루어야 한다."

"저와 제 낭도들 또한 아버지의 뜻에 따를 것이옵니다. 이 한목숨 바쳐, 내 나라는 내 힘으로 지킬 것이옵니다."

당나라 땅을 밟으면서부터 내내 가슴 속에 맴돌던 말을 입 밖에 내어 말하는 순간, 가진의 눈앞에 불현듯 도성 서라벌이 떠올랐다. 장안성만큼 크고 화려하지는 않아도 서라벌 또한 그에 못지않게 아름답고 구획이 잘된 도성이었고, 장안성의 동시와 서시처럼 서라벌 저잣거리도 활기찼다. 얼른 서라벌로 돌아가고 싶었다. 그리운 화랑 벗들이며 낭도들, 위엄 있고 아름다운 여왕의 모습도 떠올랐다. 그리고 언제나 겨울 화로처럼 따뜻한 어머니와 설화의 고운 얼굴도 눈에 밟혔다.

설화, 눈꽃 아기. 가진은 가끔 설화를 신라 말 그대로 풀이하여 '눈꽃 아기'라고 부르곤 했다. 눈꽃처럼 차가운 듯하면서도 가슴에 언제나 포근한 그리움으로 소복소복 쌓이는 설화…….
신라를 지키는 것은 곧 아리따운 설화를 지키는 일이다. 가슴에 켜켜이 쌓여가는 그리움에 가만히 몸을 떨면서 가진은 그렇게 생각했다.

가슴에 불꽃을 품고

선덕 여왕 13년, 서기 644년

1.

맹렬한 더위가 한풀 꺾이는가 싶더니 아침저녁으로 풀벌레가 애처롭게 울어 댔다. 마구간으로 향하던 지귀는 나무 아래 멈추어 서서 하늘을 쳐다보았다. 서녘 하늘이 벌겋게 숯불 빛으로 물들고 있었다.

돌연 지귀의 마음에 묘한 설렘이 일었다. 누군가를 좋아하는 것도 아닌데, 괜히 마음이 애틋하고 아련했다. 어쩌면 광덕의 말처럼 짝을 찾을 나이가 되어서 그런지도 몰랐다.

누군가가 지귀의 어깨를 툭 쳤다. 광덕이었다.

"지귀야, 반가운 소식이 있다."

"반가운 소식이요?"

"네가 하늘처럼 생각하는 김유신 장군님이 승진하셨다. 폐하께서 장군님을 대장군으로 임명하시고 품계를 소판(관등 3위 벼슬)으로 올려 주셨다는구나. 이제 곧 장군님은 폐하의 명을 받들어 황산강 서안(경남 합천에서 거창에 이르는 지역)을 되찾으러 출정하실 거다."

대야성을 빼앗긴 지 만 2년, 그 동안 황산강 물길이 내내 막혀 있어 신라로서는 어려움이 많았다. 광덕이 계속 말했다.

"폐하께서는 이제 당나라에 군사를 청하는 대신 우리 힘으로 해 볼 생각을 하신 모양이다. 아, 지난해 가을에 사신이 도움을 청하러 갔다가 모욕만 받고 돌아오지 않았냐. 감히 우리 폐하를 모욕하다니, 생각만 해도 피가 거꾸로 치솟는구나."

그 일에 대해서는 광덕 뿐 아니라 온 나라 백성들 모두가 분개하면서 내 나라는 내 힘으로 지켜야 한다고 각오를 다지곤 했다.

"어쩌면 폐하께서 일부러 그 일을 소문내게 하신 건지도 몰라. 백성들이 한마음으로 뭉쳐 내 나라를 지켜 내지 못하면 다른 나라한테 어떤 수모를 받게 되는지 깨우쳐 주시려고 말이다. 우리 폐하는 그런 분이시거든……."

언젠가 광덕이 들려주었던 말을 떠올리며 지귀는 광덕을 빤히 바라보았다. 한결같이 폐하를 생각하고 폐하의 마음을 헤아리는 광덕의 심정을 어쩌면 알 것도 같았다.

"노을이 정말 곱구나. 우리 폐하께서도 저 노을을 보고 계신 것은 아닐런지……. 대장군님이 이번에 출정하셔서 부디 빼앗긴 땅을 되찾아 폐하의 근심을 덜어드려야 할 텐데……."

광덕이 하늘을 쳐다보며 말했다. 지귀도 하늘로 다시 눈길을 돌렸다. 서녘 하늘은 여전히 숯불 빛으로 타오르고 있었다.

2.

보름에 한 번 있는 비번 날, 지귀는 집에서 쉬는 대신 영묘사로 향했다. 아버지의 명복을 빌기 위해서였다. 아버지는 가을에 전사했다. 그래서 영묘사가 지어진 다음부터 지귀는 해마다 가을이면 꼭 어머니와 함께 영묘사에 가곤 했다.

하지만 올해는 혼자였다. 어머니의 허리가 편치 않아서다. 젊어서 지아비를 잃고 어린 지귀를 키우느라 낮에는 논밭에서, 밤에는 베틀 앞에서 허리가 휘도록 일만 한 어머니였다. 이제는 좀 쉬시라 해도 듣지 않더니 그예 병이 나고 말았다. 집 안팎은 그럭저럭 다닐 수 있지만 영묘사까지 걷기에는 무리였다. 지귀가 사는 마을은 서라벌 끝자락이어서 영묘사까지 가려면 제법 먼 길을 걸어야 했다.

지귀는 어머니 몫까지 더 열심히 아버지의 명복을 빌 작정이었다. 그리고 또 한 가지 영묘사에 가서 해야 할 일이 있었다.

"내일 영묘사에 간다고? 마침 잘 됐구나. 내일 대장군님도 폐하를 모시고 영묘사에 들르신다고 하시더구나. 출정을 앞두고 조상들과 호국 영령들께 참배를 드리시려는 게다. 승전을 기원하는 참배지. 대장군께서 출정하시기 전에 너를 한 번 보았으면 좋겠다고 하셨으니 내일 꼭 뵙도록 해라."

어제 저녁 수장이 일러 준 말이었다.

'대장군님께서 왜 날 보자고 하신 걸까?'

궁금했다.

'좋은 일일까? 내가 꿈꾸던 일, 기다렸던 일이 다가온 것은 아닐까?'

절에 도착하자마자 김유신 장군부터 뵈어야겠다는 생각이 들었다. 궁금증 때문에 아버지의 명복을 빌면서도 자꾸 마음이 흐트러질 것 같아서였다.

서라벌 거리도 영묘사도 단풍이 한창이었다. 영묘사 어귀에는 병사들이 지키고 서 있었다. 지귀가 활리역 역졸이며 비번이어서 참배드리러 왔다고 하자 병사가 고개를 끄덕이며 들어가라고 했다. 여왕과 김유신 장군이 벌써 행차하신 듯했다.

지귀는 병사에게 장군에 대해 물을까 하다가 그냥 금당으로 발걸음을 옮겼다. 좋아하는 목탑 앞에서 장군을 기다리는 것이 좋을 것 같았다.

지귀는 금당 마당으로 들어섰다. 그 곳에도 병사가 두 명 지키고 서 있었다. 지귀는 병사에게 다가가 대장군을 뵈러 왔다고 말했다. 병사가 잠깐 기다리라고 하더니 중문을 나갔다.

지귀는 목탑 아래 서서 탑을 올려다보았다. 그리고 간절하게, 영묘사에 들러 참배하고 탑돌이를 할 때마다 빌던 소원을 다시 빌었다.

'부처님은 제 꿈을 아시지요? 돌아가신 아버지가 바라셨던 대로 나라에 큰일을 하는 사람이 되고자 합니다. 제 꿈, 꼭 이루게 해 주십시오, 부처님.'

중문으로 김유신 장군이 병사와 함께 나타났다. 장군이 몸소 온 것이 황감하여 지귀는 얼른 공손하게 머리를 조아렸다.

"아버지의 명복을 빌러 왔느냐?"

장군의 목소리가 따뜻했다.

"예."

"참배는 드렸느냐?"

"대장군님을 뵌 연후에……."

"일단 참배를 드리고 볼일을 본 다음에 내 집으로 오너라. 내 너에게 긴히 부탁할 일이 있다. 내가 신시(오후 3시에서 5시 사이)쯤 집에 갈 것이니 그 전에 볼일이 끝나면 네가 먼저 가서 기다리도록 해라."

"그리 하겠습니다, 대장군님."

그 때 또 한 병사가 중문으로 들어와 장군에게 다가왔다.

"대장군님, 폐하께서 찾으십니다."

장군이 고개를 끄덕이며 발길을 돌리려다 문득 지귀를 돌아보았다.

"지귀 너, 폐하를 가까이서 뵌 적이 있느냐?"

"한 번도 가까이서 뵌 적이 없습니다. 행차하실 때 먼발치에서는 여러 번 뵈었지만……."

"뵙고 싶으냐?"

"예."

신라 백성이면 누구나 여왕을 가까이서 한 번이라도 보고 싶어한다. 더구나 지귀는 광덕에게 폐하에 대한 얘기를 들은 다음부터 더더욱 가까이서 여왕을 보고 싶었다. 대체 어떤 분이기에 광덕이 그렇게 오랜 세월 폐하만을 생각하는지 그것이 궁금했다.

하지만 백성들이 여왕을 가까이서 볼 수 있는 기회는 드물었다. 여왕이 거리를 행차할 때 길 양 쪽에 엎드려 절을 한 후에 가만히 올려다보거나, 아니면 큰 절의 낙성식에 참석할 때 먼발치에서 바라보는 것이 고작이었다.

"따라오너라."

지귀는 하늘을 떠다니는 구름을 잡아탄 듯한 기분이었다.

여왕을 가까이서 뵙는 것도 영광이지만, 대장군이 자신을 이처럼 각별하게 대해 주는 것이 더 놀랍고 감격스러웠다.

지귀는 장군을 따라 객사 큰 방으로 들어갔다. 방 아래쪽에 앉아 있는 여왕을 보는 순간 지귀는 얼른 엎드려 큰 절을 올렸다.

"폐하, 활리역 역졸 지귀옵니다. 신의 일을 잘 도와 주고, 법민이도 낭도처럼 생각하는 아이인지라 함께 데리고 들어왔사옵니다. 폐하를 뵙고 싶어하였지요."

김유신 장군의 말이 끝나자 여왕의 목소리가 노래처럼 지귀의 귓전을 울렸다.

"고개를 들어 보아라. 이름이 지귀라고?"

지귀는 고개를 들어 여왕을 보았다. 첫눈에 여왕은 자비로운 관세음보살처럼 보였다. 다시 자세히 보니, 여왕의 얼굴에는 나이를 가늠하기 어려운 신비함이 어려 있었다. 너무 영롱해서 감히 쳐다볼 수 없는 화사한 빛이 어려 있는 것 같기도 했다. 광덕이 젊은 시절에 보았다는 덕만 공주의 모습이 그 신비함 뒤에서 언뜻 고개를 내미는 듯도 했다.

무엇보다 여왕의 눈이 아름다웠다. 여왕의 눈은 가늘고 길었으며, 깊고 맑았다. 여왕은 그 깊고 검은 눈으로 지귀를 보고 있었다. 문득 여왕과 눈이 마주쳤고, 지귀는 저도 모르게 흠칫 몸을 떨면서 황급히 눈을 내리떴다.

"뜻 지, 귀할 귀, 귀한 뜻을 가지라는 바람으로 지은 이름이구나."

9년 전이었던가? 영묘사 낙성식 날 만났던 가진, 지귀의 이름을 듣고 그 뜻을 이내 알아맞혔던 아이. 그 때 일을 홀연 떠올리면서 지귀는 지레 잘못을 고백하는 사람처럼 서둘러 말했다.

"예, 뜻은 그러한데 귀신 귀자를 대신 쓰옵니다."

여왕이 봄바람처럼 푸근하게 웃었다.

"지귀야, 비록 평민이라 해도 남다른 귀한 뜻을 가지고 있으면 귀한 사람이 될 수가 있다. 허나 아무리 골품이 높은 사람으로 태어났어도 그 뜻이 귀하지가 않으면 결코 귀한 사람이라고 할 수가 없지."

여왕의 말소리가 꿈속에서 듣는 것처럼 아득했다.

"나이는 몇 살인고?"

"열아홉이옵니다."

"열아홉……. 네 젊음이 눈부시고 아름답구나."

지귀는 다시 한 번 흠칫 몸을 떨었다. 눈부시고 아름답다, 그런 말은 골품이 높은 화랑들에게나 어울리는 말인 줄 알았다. 지귀는 제 귓전에 날아온 여왕의 말씀이 너무 황송하여 멍하니 여왕을 바라보기만 했다.

"그러고 보니 내가 아끼는 그 아이도 열아홉이구나. 너를 보니 그 아이를 본 듯하여 더욱 기껍구나."

여왕이 아끼는 아이란 법민이 분명했다. 지귀는 저 또한 법민과 가까이 지낸다고 말하고 싶었으나 입이 떨어지지 않았다.

김유신 장군이 말했다.

"이제 그만 나가 보아라."

지귀는 여왕에게 다시 절을 하고 장군에게도 절을 한 다음 방에서 물러나왔다. 어떻게 다시 탑이 있는 금당 마당으로 왔는지 기억도 나지 않았다. 다만 정신을 차려 보니 탑 앞에 서 있었다.

지귀는 하늘을 바라보았다. 하늘은 쪽빛이었다. 눈이 시렸다. 마음 또한 그 시린 쪽빛으로 물드는 것만 같았다. 그 느낌이 묘하게 행복했고 따사로웠다.

지귀는 한참이나 하늘을 멍하니 바라보다 사방을 둘러보았다. 금당의 기와지붕이며 나지막한 담장, 마당의 나무들. 울긋불긋 단풍빛과 전각의 단청빛도 눈물겹게 고왔다.

비로소 지귀는 깨달았다. 이 세상은 결코 잿빛이 아니라 온갖 아름다운 색채로 가득 차 있다는 것을.

3.

지귀는 불당에 들어가 한참 동안 아버지의 명복을 빌었다.

그런 다음 금당 마당에서 탑돌이를 했다. 늘 그랬듯이 나라를 위해 큰일을 하고 싶다는 자신의 소원을 빌고, 어머니가 아프시지 않고 내내 건강하시기를 빌었다. 마지막으로 마음을 다해, 신라의 평안과 여왕의 만수무강을 빌고 또 빌었다.

이윽고 지귀는 영묘사를 나왔다. 김유신 장군은 여왕을 모시고 궁으로 돌아간 듯했다. 절 어귀를 지키던 병사들도, 행차를 따라온 시종들도 보이지 않았다.

김유신 장군의 집은 영묘사에서 그리 멀지 않았다. 하인에게 찾아온 연유를 말했더니 지귀를 작은 방으로 데리고 갔다.

"여기서 기다리고 있게나. 대장군님께서 돌아오시면 알려 줄 테니."

얼마 뒤 다른 하인이 한 상 가득 음식을 차려왔다. 지귀는 마침 배가 고프던 참이라 음식을 달게 먹었다. 하인이 상을 내간 뒤, 지귀는 고단하여 벽에 살짝 기대앉았다. 눈꺼풀이 절로 내려앉았다. 갑자기 세상이 무지개 같은 빛으로 가득 찼다. 그 빛 속에서 여왕이 맑고 깊은 눈으로 지귀를 보며 말했다.

"네 젊음이 눈부시고 아름답구나."

괴이하게도 여왕의 그 말이 날카로운 비수인 양 지귀의 가슴을 후벼 팠다. 가슴에 아릿한 통증이 퍼졌다. 가슴이 너무 아파 지귀는 눈을 번쩍 떴다. 낯선 방이었다. 지귀는 어리둥절해

하며 방 안을 둘러보았다. 그제야 기억이 났다.

'여긴 대장군님 댁이지.'

고단하여 벽에 기댔다가 깜박 잠이 들었던 모양이었다. 한 순간 꿈도 꾸었다. 여왕 폐하의 꿈이었다. 꿈을 생각하자 지귀의 가슴이 쿵쾅쿵쾅 제멋대로 뛰었다.

방문이 열리더니 아까 그 하인이 얼굴을 내밀었다.

"대장군님께서 돌아오셨다."

지귀는 하인을 따라 장군의 처소로 갔다.

"게 앉거라."

지귀는 김유신 장군과 마주 앉았다. 장군이 물었다.

"폐하를 가까이서 뵌 느낌이 어떠하냐?"

"제가 아주 어렸을 때 아버지가 백제군과 싸우다 돌아가셨 습니다. 비록 평민이었지만 아버지는 훌륭한 분이었다고 어머 니가 늘 말씀해 주셨습니다. 그래서 저도 항상 아버지처럼 나 라에 보탬이 되는 일을 하는 사람이 되고 싶었습니다. 아까 폐 하를 뵙고 나니, 그런 마음이 더 절실해졌습니다."

장군이 엷게 웃으며 고개를 끄덕였다.

"신라의 사내라면 모름지기 그런 마음을 가져야지. 지귀야, 내 너에게 부탁할 일이 하나 있구나."

지귀는 장군을 빤히 바라보았다. 부탁이라니……. 지귀는 장군이 명만 내린다면 무슨 일이든 할 각오가 되어 있었다. 장군이 말을 이었다.

"낭도가 되고 싶다고 했지? 대화랑 가진의 낭도가 되어볼 생각은 없느냐?"

느닷없이 낭도라니, 그것도 대화랑 가진의 낭도라니? 지귀는 제가 잘못 들었나 싶어 되물었다.

"가진랑의 낭도…… 라고 하셨습니까?"

지귀는 2년 전 처음 법민을 만난 뒤로 한 해에 몇 번씩은 법민을 만났다. 주로 김유신 장군의 심부름으로 법민의 집에 갔을 때 만났고, 가끔은 법민이 낭도 모임에 초청할 때도 있었다. 그러니 굳이 낭도가 된다면 법민의 낭도가 되어야 마땅했다.

장군이 고개를 끄덕였다.

"그러하다. 가진의 낭도. 네가 이미 마음으로는 법민의 낭도나 다름없다는 것을 나도 잘 안다. 그래서 네게 부탁하는 것이다."

지귀는 말문이 막혔다. 한때 가진의 낭도가 되고 싶었고, 지금도 가진을 좋은 화랑이라고 생각하고는 있지만, 장군이 왜 하필 가진의 낭도가 되라고 부탁하는지 그 심중을 헤아리기가 어려웠다.

"작게는 나와 춘추공과 법민을 위해서, 크게는 폐하와 신라를 위해서, 우리에게는 가진의 낭도가 필요하다. 그냥 낭도가 아니고 가진의 절대적인 신임을 받는 낭도 말이다. 네가 만일 가진의 낭도가 된다면 네가 역졸 일을 하면서도 낭도 일 또한 제대로 할 수 있게끔 수장이 편의를 봐 줄 것이다.”

장군의 말이 지귀에게는 여전히 선명하게 다가오지 않았다. 갑자기 머릿속에 뿌연 안개가 끼어 버린 것만 같았다.

“네가 하기 싫다면 군이 하지 않아도 된다. 네 나이 지금 열아홉이니, 낭도가 되기에는 조금 나이가 들긴 했구나. 설령 내일 당장 네가 가진을 찾아가 낭도가 되겠다고 해도 가진이 받아 주지 않을 수도 있고, 받아 준다 해도 가진의 신임을 받는 낭도가 되기란 더더욱 어려울 터, 그러니 내키지 않는 일을 억지로 할 필요는 없다.”

“…….”

“지귀야, 내 나이 열열곱 살 때 중악 바위굴에 들어가 하늘에 기원을 드리면서 맹세한 바 있다. 반드시 삼한 통일을 이루어, 다는 우리 신라가 다른 나라의 침략을 받는 일이 없도록 하겠다고 말이다. 아직 그 맹세를 이루지는 못했다만, 언젠가는 반드시 이루게 되겠지. 그러기 위해서는 나라 밖의 적들 뿐 아니라 나라 안의 정적들로부터도 우리를 지킬 수 있는 힘과 지혜가 있어야 할 테고…….”

머릿속의 뿌연 안개 저편에서 무언가가 희미하게 보이는 듯도 했다. 그러니까 장군님의 말씀은, 말씀은……. 지귀는 안간힘을 다해 생각의 가닥을 잡으려 애썼다.

"나는 곧 전장으로 떠난다. 지귀야, 전쟁에서 적을 이기려면 말이다. 적의 다음 행동이 어떠할지 예측하고 그에 합당한 대책을 세워 놓아야 한다. 우리에게 가진의 신임을 받는 낭도가 필요한 것 또한 그 때문이고……."

장군이 한숨 돌리려는 듯 잠시 말을 끊었다. 방 안에 한동안 바윗덩이 같은 침묵이 들어찼다. 이윽고 장군이 다시 입을 열었다.

"이제 이 일은 네 결정에 달렸다. 내가 돌아올 때까지 네가 마음을 정했으면 좋겠구나. 네가 하고 싶지 않거나, 가진이 널 받아 주지 않거나, 가진의 낭도가 되었다 해도 가진의 신임을 받지 못한다면, 그 땐 다른 대책을 또 세워야겠지. 내 말 뜻 알겠느냐?"

"예, 대장군님."

당장은 그렇게밖에 달리 대답할 말이 없었다.

집으로 돌아가는 지귀의 발걸음이 무거웠다. 머릿속이 실타래가 엉킨 듯 복잡했다. 오늘 하루 한꺼번에 너무 많은 일이 일어났다. 여왕을 뵈었고, 김유신 장군의 부탁을 받았다. 여왕을 생각하면 세상이 온갖 아름다운 색채로 가득 차는 것만 같았다. 그러나 장군의 부탁으로 생각이 옮아가면 그 찬란하던 색채들이 뒤죽박죽 뒤섞여 칙칙한 잿빛 덩어리로 변해 버렸다.

지귀는 숨을 크게 내쉬었다. 어린 시절에 가진을 만나지 않았다면, 장군의 부탁에 흔쾌히 따를 수도 있으리라. 장군이 하려는 일이 신라와 폐하를 위한 일이 분명하다는 것은 지귀도 믿어 의심치 않았다. 진심으로 가진의 낭도가 되기를 바란 적이 없었다면 내일이라도 당장 가진을 찾아가 낭도가 되겠다고 말해 볼 수도 있을 터였다. 가진이 받아 주고 안 받아 주고는 그 다음 문제였다. 결과가 어떻든 장군을 위해 최선을 다했다는 사실이 기쁠 터였다. 그런데 지금은 최선을 다하기는커녕, 어찌해야 할지 마음조차 정하지 못했다.

지귀는 고개를 저어 생각을 털어버리고는 발걸음을 옮겼다. 아까 오전에 집을 떠날 때처럼, 집으로 돌아가는 지금도 평온한 마음이고 싶었다. 그래서 아무 생각도 않고 부지런히 걷기만 하려고 애썼지만, 지귀는 이미 느끼고 있었다. 자신의 삶이 달라졌다는 것을. 여왕을 가까이서 뵙고, 김유신 장군의 부탁을 들은 자신의 삶이 결코 예전의 삶과 같을 수 없다는 것을.

꿈을 향하여

선덕 여왕 14년, 서기 645년

1.

봄이 활짝 나래를 펴는 3월, 황룡사 금당 뜰에 구층탑이 우뚝 섰다. 자장 법사가 당나라에서 돌아와 탑을 짓기 시작한 지 꼭 두 해만의 일이었다.

황룡사 탑 낙성식 날 지귀는 일찌감치 집을 나섰다. 다른 역졸과 비번 날을 바꾼 뒤, 낙성식 날을 애타게 기다렸던 지귀였다.

"잘 다녀오너라. 영묘사도 둘러보고."

허리가 아파 함께 가지 못하는 어머니가 아쉬워하며 말했다.

지귀는 서둘러 걸었다. 먼발치에서나마 여왕을 뵈려면 남보다 일찍 가서 자리를 잡아야 했다. 광덕이 자신을 대신하여 폐하를 뵙고 오라고 말했을 때 지귀는 애써 태연하게 네, 라고 대답했다. 여태까지 광덕에게는 아무것도 숨기는 것이 없었지만, 여왕에 대한 마음만은 말하지 않았다. 어쩐지 그래야 할 것 같았다.

여왕을 꼭 다시 뵙고 싶어 황룡사 낙성식 날을 손꼽아 기다렸던 지귀였다. 여왕을 뵈면, 무엇보다 김유신 장군의 '부탁'에 대한 결정을 내릴 수 있을 것 같아 더욱 기대가 되었다.

그 동안 지귀는 두 번 가진을 찾아가기는 했다. 처음 찾아간 것은 지난해 10월, 기병과 보병 만 명을 거느리고 전장으로 떠난 김유신 장군의 첫 번째 승전 소식이 활리역으로 날아들었을 때였다.

지귀는 누구보다도 그 소식에 감격했고, 그 때까지도 마음을 정하지 못한 자신이 한심했다. 그래서 굳게 결심하고 가진이 낭도들과 더불어 무예를 닦는 수련장을 찾아갔다. 하지만 멀리서 가진과 낭도들을 지켜 보기만 했을 뿐, 그냥 돌아왔다.

그리고 올 정월에 김유신 장군의 부대가 서라벌로 돌아왔다. 장군은 넉 달 동안 백제군과 치열하게 싸운 끝에 가혜성(경남 거창군) 및 일곱 개 성을 빼앗았고, 그로 인해 가혜 나루를 얻어 마침내 황산강 물길을 다시 열었다.

그 동안 수도 없이 백제에게 공격당하기만 했던 신라였다. 백성들은 들뜨고 흥분하여 김유신 장군을 맞았다. 하지만 그

흥분과 들뜸도 잠시였다.

김유신 장군이 전장에서 돌아와 막 여왕을 알현하는데, 서쪽 국경을 지키는 장수가 보낸 전령이 서라벌에 들이닥쳤다. 황산강 상류에 있는 매리포성(경남 거창군)을 백제의 대군이 공격한다는 전갈이었다. 서쪽 변경 일곱 개 성을 빼앗긴 백제가 대대적인 반격에 나선 것이다.

여왕은 다시 김유신 장군에게 출정하라는 명을 내렸다. 장군은 집에도 들르지 못하고 즉시 병사들과 함께 전장으로 향했다.

바로 그 날, 지귀는 한 번 더 마음을 다잡고 가진의 집으로 찾아갔다. 하지만 오후 내내 대문 앞에서 맴돌기만 하다가 돌아오고 말았다.

며칠 전에는 활리역으로 또다시 승전 소식이 날아왔다. 김유신 장군이 매리포성을 공격하는 백제군을 모두 물리쳤다는 소식이었다. 곧 김유신 장군이 돌아올 것이라 했다. 지귀는 이제 더는 망설일 시간이 없음을 깨달았다.

'이번에 대장군님께서 돌아오시면 어떻게든 대답을 드려야 해. 대답을……'

황룡사에 닿을 때까지 지귀의 머릿속에는 내내 그 생각뿐이었다.

황룡사는 벌써 사람들로 북적거리고 있었다. 지귀는 사람들을 헤치고 악착같이 안으로 들어가 금당 중문 옆 담장 바로 앞에 겨우 자리를 잡았다. 거기서 담장 안을 들여다보면 금당 마당에서 거행되는 낙성식을 다 볼 수 있었다.

하늘을 찌를 듯 솟아 있는 거대하고 장엄한 구층탑이 보였다. 탑 앞에 낙성식을 거행하려는 스님들이 두 줄로 나란히 서 있고, 그 뒤에는 여왕을 모시고 온 조정 대신들이, 그리고 그 뒤쪽으로는 조정 대신들을 따라온 식솔들이 금당 뜰을 가득 메우고 있었다.

백성들은 절 어귀까지 늘어서서 낙성식을 기다렸다. 지귀가 붙어 서 있는 담장으로도 사람들이 죽 늘어서 있었다. 그 뒤로도 사람들이 빼곡히 들어차 지귀는 담장과 사람들 사이에 꼭 끼어 꼼짝달싹도 할 수가 없었다.

갑자기 백성들 사이에서 탄성이 일었다. 여왕이 구층탑 앞으로 천천히 걸어 나오고 있었다. 지귀의 심장이 사납게 뛰기 시작했다. 지난 가을 처음으로 가까이서 여왕을 뵌 후로 지귀는 자주 저도 모르게 여왕을 만났던 그 순간을 돌이켜보곤 했다. 여왕을 생각하면 세상은 무지개 빛으로 가득 찼다. 그러다 그 무지개 빛이 사라지며 으레 날카로운 무언가에 찔린 듯 가슴 한 구석이 심하게 아팠다. 여왕을 생각하면 왜 꼭 그렇게 가슴이 아픈 것인지 알 수 없었지만 지귀는 알 수 없는 그 아픔까지도 좋았다.

　낙성식이 거행되었다. 여왕과 스님들과 뜰 안팎의 모든 사람들이 탑을 향해 합장하고 절을 한 다음, 스님들이 바라를 치며 염불을 외었다. 스님들의 낭랑한 염불 소리가 하늘로 메아리쳐 절 구석구석으로 퍼져나갔다.

　지귀는 낙성식이 어떻게 거행이 되는지 알지 못했다. 지귀의 눈에는 그저 장엄한 탑 앞에 작은 탑처럼 오롯이 서 있는 여왕의 모습만 보일 뿐이었다. 여왕은 세상이라는 큰 연못에 피어난 한 송이 고고한 연꽃 같았다. 그 연꽃의 청아한 향내가 지귀의 마음까지 깨끗하게 씻어 주는 것만 같았다.

　스님들의 염불이 끝나자 모두 다시 한 번 합장하고 탑에 절을 했다. 그런 다음 여왕이 탑 앞에 서서 사방을 한 번 둘러본 다음, 소리 높여 말했다.

　"사랑하는 내 백성들이여, 부처님의 나라 천축국에는 신비한 벼가 자란다고 한다. 천축국에는 홍수가 잘 나는데, 그 벼는 해마다 홍수가 질 때의 물높이보다 늘 한 뼘 더 높이 자라는 까닭에 벼이삭이 결코 물에 잠기는 법이 없다고 한다. 짐은 그 벼를 지혜의 벼라 부른다. 한낱 벼도 지혜로써 자신에게 닥칠 일을 미리 헤아려 대비하거늘 하물며 사람이랴! 내 백성들이여, 이 탑은 적에 대해 미리 헤아리고 적군이 쳐들어 올 때를 단단히 대비하여 뒷날 결코 후회할 일을 만들지 않으려는 우리 신라 백성들의 각오와 염원이 담긴 지혜의 탑이다. 우리는 지혜로써 힘을 기르고, 지혜로써 신라 변방의 아홉 적을 물리칠 것이니, 백성들은 왕실을 믿고 김유신 대장군을 믿고 무엇보다 신라 백성의 힘을 믿으라. 신라는 반드시 삼한을 통일하여 이 땅에 부처님 나라의 평화를 이루리라."

여왕의 말이 구구절절이 지귀의 가슴을 파고들었다. 가슴 깊은 곳에서 뜨거운 무언가가 확 솟구치면서 온몸이 와르르 떨렸다. 여왕이 스님들과 함께 탑을 돌았다. 탑돌이 행사가 시작되었다.

지귀는 자꾸만 몸이 떨려 더는 그 곳에 서 있을 수가 없었다. 여왕이 스님들과 함께 안으로 들자 지귀도 얼른 사람들을 헤치며 그 자리를 빠져나왔다. 기다렸다가 탑돌이를 할 수도 있겠지만, 혹시라도 법민이나 가진과 마주칠까 두려웠다. 마음을 정하기 전에는 법민과도, 가진과도 마주치고 싶지 않았다.

지귀는 서둘러 황룡사를 빠져나와 영묘사로 갔다. 지귀는 영묘사 탑이 좋았다. 영묘사가 아버지의 혼백이 쉬는 곳이라는 생각 때문인지도 몰랐다.

사람들이 넘쳐났던 황룡사와는 달리 영묘사는 호젓했다. 지귀는 영묘사 탑으로 갔다. 여왕이 했던 말을 한 구절 한 구절 마음에 되새기면서 천천히 탑을 돌았다.

'폐하를 위하고, 어머니를 위하고, 내 나라를 위하고, 대장
군님을 위해, 무엇보다 제 꿈을 이루려면 제가 어떤 선택을 해
야 하는지 부디 가르쳐 주십시오. 어리석은 제게 지혜를 주서
서 올바른 길을 선택하게 해 주십시오.'

한참 탑을 돌다가 지귀는 흠칫 멈추어 섰다.

'지귀야, 네 마음이 시키는 대로 하여라.'

지귀의 귓전에 여왕의 옥음이 생생하게 울렸다. 어쩌면 그
소리는 지귀의 간절한 기원에 대한 부처님의 대답인지도 몰
랐다.

솔직히 지귀는 대장군의 부탁에 따르고 싶지 않았다. 지금
도 여전히 가진의 낭도가 되고 싶긴 했지만, 이런 식은 아니었
다. 어린 시절 가진에게서 받았던 좋은 느낌 그대로, 그냥 순수
하게 낭도가 되고 싶을 뿐이었다. 지귀는 입술을 지그시 깨물
며 고개를 끄덕였다.

'그래, 대장군님께서 이번에 돌아오시면 솔직하게 말씀드
리자. 가진랑의 낭도가 되는 것이 아닌, 다른 일로 대장군님을
돕겠다고. 대장군님도 말씀하셨듯이, 가진랑이 날 낭도로 받아
준다는 보장도 없는 거잖아.'

차라리 대장군을 따라 싸움터로 가면 속이 편할 것 같기도

했다. 하지만 지귀는 아버지가 전사하고 홀어머니를 모시고 있는지라, 자원하지 않는 한 병사로 징집되지는 않을 터였다. 그것은 나라에서 베풀어 주는 기본적인 배려였다. 지귀 또한 어머니 때문에라도 병사로 자원하는 일은 꿈도 꿀 수 없었다.

'그래, 분명 다른 일이 있을 거야. 폐하와 대장군님과 신라를 위해 내가 할 수 있는 일이 꼭 있을 거야. 꼭.'

약간은 가벼워진 마음으로 지귀는 영묘사를 떠났다. 황룡사에서 보았던 여왕의 모습과 지혜에 대한 이야기를 생각하고 또 생각하면서 지귀는 부지런히 걸었다.

2.

김유신 대장군이 돌아오는 날, 지귀는 수장에게 잠깐 말미를 얻어 장군의 집으로 갔다. 장군의 부탁을 들어드리지 못하는 송구함을 그렇게라도 해서 얼마간 덜어 내고 싶었다. 가진랑의 낭도가 되지 못하겠다는 말은 나중에 천천히 하더라도 우선은 백제군을 이기고 돌아오는 장군께 인사를 드리고 싶었다.

장군의 집 앞에는 장군의 식솔들과 하인들이 모두 나와 장군을 기다리고 있었다. 백성들도 대장군을 보려고 집 앞을 가득 메우고 있었다. 지귀는 백성들 틈에 끼어들어 장군이 오기를 기다렸다.

해가 서쪽으로 설핏 기울었다. 곧 장군이 나타날 시각이었다. 저만치 앞에서 장군 집의 하인이 달려와 장군 부인 앞으로 달려갔다. 장군이 어디쯤 오셨는지 알아보라고 보낸 하인이었다. 하인이 다급하게 말했다.

"백제군이 서쪽 국경 지대에 출정하여 주둔하고 있다 하옵니다. 곧 신라로 쳐들어올 기세여서 폐하께서 다시 출정을 명하셨다 하옵니다. 지난번처럼 집에는 들르시지도 않고 그냥 집 앞을 지나쳐가실 것이라 하옵니다."

"정녕 이번에도 또 그냥 가신다고 하더냐?"

장군 부인의 목소리에 안타까움이 가득했다. 하인이 울먹이며 대답했다.

"예."

백성들 사이에서 탄식과 술렁임이 일었다. 징글징글한 백제 놈들! 하는 원망의 소리도 쏟아져 나왔다.

저편에서 김유신 장군의 행렬이 나타났다. 하인이 말한 대로 장군은 애타게 바라보는 식솔들 쪽으로는 고개도 한 번 돌리지 않고 그대로 말을 몰아 집 앞을 지나쳤다. 집 앞에 모여서 있던 백성들이 종종걸음으로 그 행렬을 따라갔다. 지귀도 백성들 틈에 끼여 따라갔다.

집에서 한 50걸음쯤 떨어진 곳에 이르렀을 때, 장군이 돌연 말을 멈추더니 옆에 있는 병사에게 말했다.

"목이 마르구나. 우리 집으로 뛰어가 마실 물을 가져오너라."

병사들의 긴 행렬이 잠시 멈추어 섰다. 병사가 장군의 집으로 달려갔다. 지귀는 그 병사를 뒤따라갔다.

장군 부인이 하인에게 어서 물을 떠오라 일렀다. 하인이 물을 떠와 병사에게 건넸다.

"대장군님께 이기고 돌아오시기를 우리 모두가 기원한다고 전하여라."

부인은 김유신 장군의 깊은 뜻을 헤아린 듯 그 자리에 꼿꼿이 선 채 먼빛으로 장군을 전송하려는 듯했다.

병사가 다시 장군에게로 갔다. 지귀도 뒤따라갔다. 장군이 말 위에 앉은 채 그 물을 다 마신 다음 말했다.

"우리 집 우물물은 옛날 맛 그대로구나."

병사들이 술렁거렸다. 더러는 눈물을 훔치는 병사도 있었다.

"대장군께서 이와 같으신데, 우리들이 어찌 식구들과 만나지 못하고 다시 이별하는 것을 한스럽게 여길 것인가. 신라의 사내답게 전장으로 달려가 백제군과 맞서 싸우리라."

김유신 장군 부대의 행렬이 저 멀리로 사라졌다. 장군의 식구들도 집안으로 들어가고, 백성들도 모두 집으로 돌아갔다.

오직 지귀만이 넋 나간 사람처럼 우두커니 서 있을 뿐이었다.

머릿속에서 생각이 소용돌이쳤다. 나라를 지키려고 식구들조차도 만나지 않고 도로 전장으로 달려가는 장군을 생각하면 할수록, 지귀는 부끄럽고 또 부끄러웠다.

'대장군님께서는 나라를 위해 저리 애쓰시는데, 나는 대장군께서 부탁하신 일을 이 핑계 저 핑계로 발뺌만 하고 있었구나. 대장군께서 계획하신 일이 폐하와 신라를 위한 일이라면 결국 나와 가진랑에게도 좋은 일이겠지. 가진랑 또한 누구보다 신라를 사랑하는 대화랑이니……. 그래, 가진랑이 나를 낭도로 받아 주지 않을지도 모르지만 시도는 해 봐야겠다. 그래야 대장군님께 떳떳이 말씀드릴 수가 있으니까.'

늦은 오후의 햇살 아래 길게 늘어진 제 그림자를 내려다보면서 지귀는 각오를 다지고 또 다졌다.

3.

낭도들과 무예 연습을 일찍 끝내고 집으로 돌아와 가진이 잠시 쉬고 있을 때였다.

"도련님, 누가 도련님을 찾아왔습니다."

하인이 말했다. 가진이 되물었다.

"누구라고 하더냐?"

"낭도가 되고 싶어서 왔답니다."

"소년이던가?"

"도련님 또래로 보였습니다. 그냥 가라고 할까요?"

"일단 들어오라고 해. 만나는 봐야지."

요즘도 가끔씩 열대여섯 살 소년들이 낭도가 되겠다고 찾아오는 경우는 있었다. 하지만 스무 살이 다 된 젊은이가 찾아온 것은 드문 경우였다. 낭도로 삼기에는 나이가 좀 든 편이었다. 그렇게 나이가 들어 낭도가 되는 경우가 없는 건 아니지만, 가진은 새삼스레 제 또래 청년을 새 낭도로 삼을 생각은 없었다.

하지만 찾아온 사람을 박정하게 내치지 못하는 것은 가진의 성품이었다.

하인이 청년을 데려왔다. 가진은 청년과 마주 앉았다. 처음 보는 청년인데도 어딘가 낯이 익었다. 특히 유순해 보이는 둥근 눈이 그랬다.

"낭도가 되고 싶어서 날 찾아왔다고 했소?"

가진이 물었다. 아무리 평민이라고 해도 처음 보는 사람한테는 하대를 하지 않는 것 또한 가진의 성품이었다.

가진의 그런 말투에 감동한 듯 청년의 굳어 있던 얼굴이 한순간 부드럽게 펴졌다.

"어렸을 때도 가진랑은 평민인 저를 흉허물 없이 대해 주셨지요."

"우리가 어렸을 때 만난 적이 있소?"

"십 년 전 봄, 영묘사 낙성식 날 약수터에서 만났습니다. 기억나지 않으세요? 지귀라는 이름……."

십 년 전 봄, 영묘사……. 가진이 기억을 더듬었다. 가슴 속에서 잠자고 있던 추억 하나가 홀연 기지개를 켰다.

"아, 지귀……. 기억나는군."

영묘사 절 뒤편 약수터에 갔다가 한 아이를 만났다. 그 아이는 제가 마시려던 물을 먼저 가진에게 건네 주었다. 그 때 그 아이에게 마음이 끌렸던 것은 단순히 그 아이가 물을 건네 주어서만이 아니었다. 그 아이의 꿈꾸는 듯한 둥근 눈 때문이었다.

추억이 문득 또 하나의 추억을 흔들어 깨웠다. 지금 가진은 외아들이지만 어렸을 때는 아우가 하나 있었다. 가진보다 두 살 아래였던 아우, 하진. 가진은 하나뿐인 아우를 무척 사랑했다. 하진은 몸이 약했고, 마음도 무척 여렸다. 둥글고 유순해 보이는 눈은 한없이 착하게만 보여서 가진은 어린 마음에도 저 아이는 내가 지켜 줘야지, 그런 생각을 하곤 했다.

아버지 어머니도 가진에게 가끔 말하곤 했다.

"네 아우가 너무 착하기만 해서 걱정이구나. 저렇게 착하기만 해서는 한 세상 살아가기가 쉽지 않은 법이거든. 가진이 네가 아우를 잘 돌봐 줘야겠다."

하지만 가진이 미처 지켜 주기도 전에 아우 하진은 어느 해 가을, 병에 걸려 며칠을 시름시름 앓다가 그만 세상을 떠나고 말았다. 그 때 하진은 일곱 살, 가진은 아홉 살이었다. 아우를 잃고 처음 맞은 그 해 겨울은 뼈가 시릴 만큼 추웠다. 그리고 그 이듬해 봄, 영묘사에서 하진의 눈빛을 꼭 닮은 지귀를 만났던 것이다.

"그 때 이후로 가진랑을 가끔 생각했습니다. 가진랑이 골품제도에 대해 했던 말이 잊혀지지 않더군요. 골품제도는 어른들이 만들어 놓은 제도라는 그 말……. 열다섯 살 때부터 가진랑의 낭도가 될 생각을 하기도 했지요."

그 때 그랬던가? 가진은 엷게 웃으며 지귀를 보았다. 보면 볼수록 지귀의 눈은 하진의 눈 그대로였다.

"제 나이 올해 스물입니다. 낭의 낭도가 되기에는 너무 늦은 나이겠지요? 사실 저도 낭이 저를 낭도로 받아 줄 거라는 기대는 하지 않고 왔습니다. 다만 낭을 한 번 만나보고 싶었습니다. 영묘사의 그 날 이후로 언젠가 한 번은 꼭 다시 만나고 싶었거든요."

사실 가진도 이제 더는 새 낭도는 필요 없다는 말을 할 참이었다. 하지만 지귀의 둥근 눈이 그 말을 가로막았다.

언제까지나 지켜 주리라 마음먹었던 아우, 하진. 지귀는 가진의 기억 속에 남아 있는 아우와 전혀 닮지 않았지만, 둥근 눈동자며 눈빛만큼은 똑같았다. 지귀를 실망시키는 것이 죽은 아우를 실망시키는 것 같아, 가진은 저도 모르게 다른 말을 했다.

"꼭 그런 건 아니오. 스물세 살까지는 낭도로 몸담을 수 있으니 그리 늦었다고만은 할 수 없소."

문득 지귀의 눈빛이 흔들렸다. 가진에게는 그 눈빛이 몹시 슬프게만 보였다. 하진의 눈도 그랬다. 아우가 죽고 나서 가진은 하진의 눈이 그렇게 슬퍼보였던 것은 이 세상에서 그토록 짧게 살다 갈 것을 미리 알았기 때문이 아닐까, 이따금 그런 생각을 하곤 했다.

아마 가진이 단번에 거절했으면 지귀의 눈은 더 슬퍼졌을지도 모른다.

가진은 지귀와 좀더 이야기를 나눈 다음 같이 저녁을 먹으리라, 생각했다. 어렸을 때 하진과 함께 밥을 먹었던 것처럼. 그런 다음 지귀가 집으로 돌아갈 때 말할 참이었다. 낭도로 삼을 건지 아닌지. 아마도 낭도로 삼을 수는 없고, 벗은 될 수 있으니 가끔 찾아오라고 말할지도 몰랐다.

아무튼 가진은 지귀가 반가웠다. 꼭 죽은 하진이 살아 돌아온 것만 같았다.

4.

11월 어느 몹시 추운 날, 여왕은 이찬 비담을 상대등으로 임명했다. 상대등은 국정을 맡아 보는 최고 벼슬로 여러 명의 이찬 대신들 중에서 뽑았다. 비담은 조정 원로대신 중에서 가장 경륜이 풍부한 실력자였다. 비담과 뜻을 같이하지 않는 춘추로서는 달갑지 않은 일이겠지만, 여왕은 순리대로 비담을 상대등으로 임명한 것이 만족스러웠다.

그런 다음 여왕은 어전회의를 마치고 일찍 내전에 들었다. 따뜻하고 아늑한 내전에 호젓이 앉아 있노라니, 찌뿌드드한 몸이 다소 가벼워지는 듯했다.

사촌 여동생 승만이 문안을 드리러 왔다. 아버지 진평 대왕의 친동생인 갈문왕의 딸인 승만은 마지막 남은 성골 혈통이었다. 그래서 승만은 여왕과 같은 궁궐에서 살고 있었다. 젊었을 때 승만은 키가 크고 자태가 아름다웠는데, 여왕이 그랬듯이 어울리는 배필을 찾지 못했다. 나이가 들어서도 여전히 자태가 고운 승만은 여왕이 나랏일을 다 본 다음 내전에서 쉬고 있을 때면 찾아와 말벗이 되어 주곤 했다.

여왕이 승만과 이야기를 나누는데, 시녀가 탕약을 들여왔다. 여왕은 탕약을 마셨다. 약이 몹시 썼다. 약그릇을 내려놓는 여왕을 보고 승만이 소녀처럼 호호 웃었다.

"왜 웃누?"

"약이 쓰다고 어린아이처럼 찡그리시는 모습이 우스워서요."

"싱겁긴."

여왕도 따라 웃었다. 시녀가 약그릇을 내가더니 차를 가져왔다. 여왕은 승만과 마주 앉아 차를 마셨다.

"내가 나이가 들긴 들었나 보다. 이리 자주 몸이 편치 않은 걸 보니……."

"늘 나랏일에 마음 쓰신 때문이옵니다. 잠시라도 나랏일을 잊고 편히 쉬셔요."

"너도 한번 임금의 자리에 올라 보렴. 내 마음대로 쉴 수 있는 자리가 아니란 걸 알게 될 테니……."

여왕에게는 후사가 없고, 승만은 마지막 성골이었다. 여왕이 지금이라도 승만을 후계자로 정하면, 승만은 다음 임금이 된다. 만약 여왕이 후계자를 정하지 않고 세상을 떠나면 조정 대신들이 새 임금을 추대하는데, 그럴 경우 분명 상대등 비담이 새 임금이 될 터였다.

사실 여왕은 승만을 후계자로 정하는 것이 최선이라는 것을 이미 알고 있었다. 그런데도 아직 후계자 발표를 하지 않고 있는 것은 여왕에게 각별한 두 사람 때문이었다.

한 사람은 춘추였다. 승만은 계속 춘추를 지지해 왔으니, 승만을 후계자로 정하는 것은 춘추의 앞길을 활짝 열어주는 것이나 다름없었다. 게다가 승만도 나이가 많고 후사가 없는지라, 승만의 뒤를 이을 후계자는 춘추가 될 공산이 컸다.

하지만 임금은 아무나 될 수 없다. 천명을 받아야 한다. 여왕은 춘추가 김유신과 더불어 신라를 위해 큰일을 할 인물이라는 것을 진작에 알고는 있었지만, 아직은 좀더 지켜 보고 싶었다. 춘추가 천명을 받았다는 확신이 들면, 그 때 승만을 후계자로 발표할 작정이었다.

또 한 사람은…… 가진이었다. 사실은 춘추보다는 가진 때문에 여왕은 승만을 후계자로 정하는 일을 내내 미루고 있었다. 가진은 구세력인 염종의 아들이고, 곧 비담의 사위가 될 터였다. 만약 여왕이 승만을 후계자로 발표하면, 조정의 세력은 춘추 쪽으로 무게가 확 쏠릴 것이고, 그 일은 당연히 가진의 장래에 적지 않은 영향을 미칠 터였다.

가진에 대한 마음은 2년 전 가을 이후로 변함이 없었다. 아니 하루가 다르게 의젓한 청년이 되어가는 가진을 바라볼수록 여왕은 더욱더 마음이 아프고 안타까웠다. 여왕은 한 달에 한 번 정도는 가진을 가까이서 볼 수 있었다. 큰 절에서 나라의 행사가 있을 때나, 화랑들의 행사 때, 또는 화랑들이 여왕에게 문안드리러 올 때가 그런 때였다. 그런 때, 여왕은 가진을 눈앞에서 바라볼 수 있어서 행복했지만 한편으로는 날카로운 비수에 찔리기라도 한 듯 가슴에 심한 통증을 느끼곤 했다.

가진을 바라보거나 생각할 때마다 가슴을 후벼 파는 듯한 심한 통증은 이제 여왕의 고질병이 되었다. 하지만 그 병은 아무도 눈치 채지 못한, 여왕 혼자서만 알고 있는, 또 혼자서만 견디고 있는 병이었다.

"나라를 경영하는 일이 쉬운 일은 아니라는 거, 저도 잘 알고는 있습니다."

생각에 잠겨 있는 여왕을 보며 승만이 말했다.

"그래, 쉬운 일이 아니지……."

돌이켜 보면 올 한 해도 일이 많았다. 특히 백제의 공격이 어느 때보다 심한 한 해였다. 지난해 일곱 개 성을 빼앗긴 백제는 올 정월과 3월에 대대적인 반격을 해 왔다. 전장에서 막 돌아온 김유신 장군은 두 번씩이나 집에도 들르지 못하고 황망히 서쪽 국경으로 달려가야 했다. 다행히 김유신 장군은 두 번 다 백제군을 물리쳤다.

이제는 좀 평온한가 싶었는데, 5월에는 당태종이 고구려를 친다면서 군사를 요구했다. 여왕은 김유신 장군에게 3만 명을 주어 고구려 남쪽 국경선 쪽에서 대치하게 했다. 고구려는 북쪽의 당나라군과 싸우느라 남쪽의 신라군과는 충돌이 없었다. 신라로서는 천만다행한 일이었다. 하지만 그 틈을 타 백제 의자왕이 신라 서쪽 변경의 일곱 개 성을 침공하여 점령해 버렸다.

황산강 연안의 가혜성 등 일곱 개 성을 빼앗아 가혜 나루 물길을 연 것은 잘된 일이었지만, 다른 서쪽 일곱 개 성을 빼앗겼으니, 신라로서는 승리했다고 할 것도 없는 셈이었다.

다만 다행인 것은 올 농사가 잘된 점이었다. 백제의 침공에 시달리면서 나라 안 백성들마저 굶주릴까 봐 애를 많이 태웠는데, 지난해만큼은 수확하게 되어 여왕은 한시름 놓았다. 이래저래 한 나라를 경영한다는 것은 번뇌도 많고 신경 쓸 일도 많았다.

"왜 춘추의 주청을 받아들이지 않으셔요? 툭하면 성을 뺏고 빼앗기는 지루한 전쟁을 끝내고 우리 백성들이 평화롭게 살아가려면, 당의 힘을 빌려 삼한 통일을 하는 것 말고는 달리 방법이 없지 않은가요? 우리 힘으로 해 보자는 상대등 측 대신들의 뜻은 좋지만, 현실적으로는 어렵지 않을까요?"

승만이 물었다. 당나라에 군사를 청하는 일로 요즘도 여전히 춘추는 비담 측과 날카롭게 각을 세우고 있었다. 춘추는 자장이 건의한 대로 당나라 식으로 연호와 관복을 바꾸어서라도 군사동맹을 맺자고 주장했고, 상대등 비담 측 대신들은 그런 일은 절대 불가하다며 극력으로 반대했다.

"그래, 나도 춘추의 주장에 공감은 한다. 허나 일단 우리 힘으로 해 보는 데까지는 해 봐야지. 그래야 우리의 연호와 관복까지 포기하면서 당나라와 군사동맹을 맺는 일을 백성들도 납득할 게 아니겠니."

승만이 고개를 끄덕였다. 2년 전 자장이 처음 연호와 관복에 대해 건의했을 때, 조정 대신들 뿐 아니라 화랑들과 낭도들도 그 문제에 대해 의논이 분분했던 일을 승만도 잘 알고 있었다. 그 문제는 곧 나라 전체로 퍼져나가 백성들도 한동안 그 문제에 대해 입씨름을 벌였던 것이다.

잠시 방 안에 침묵이 흘렀다. 여왕이 불쑥 물었다.

"승만아, 너는 평생 애틋한 사랑도 못 해 보고 그냥 늙어 버린 것이 아쉽지는 않니?"

"폐하께서는 그 일이 아쉬우신가요?"

"내가 물었잖니."

"젊었을 때는 잠깐 아쉽기도 했지만 이젠 나이가 들어서인지 제 명운에 만족하옵니다. 폐하께서 늘 나라와 백성을 생각하시듯, 저도 남은 삶을 그렇게 살고 싶사옵니다."

"그래, 내 마음 속엔 언제나 나라와 백성뿐이지. 나라와 백성……."

여왕이 고즈넉이 웃으며 말했다.

여왕의 눈물

선덕 여왕 15년, 서기 646년

1.

정월 대보름날이었다. 맑게 갠 밤하늘에 휘영청 둥근 달이 둥실 떠올랐다. 서라벌의 크고 작은 절들은 한 해의 평안과 복을 빌고자 하는 사람들로 발 디딜 틈 없이 붐볐다.

서라벌에서 손꼽히는 큰 절인 영묘사에도 대보름 밤 행사가 거행 중이었다. 스님들이 목탁을 두드리고 염불을 하면서 전각이며 탑을 두루 돌았고, 손에 연꽃등을 밝혀 든 사람들이 그 뒤를 따라 돌았다. 사람들은 한 줄로 끝없이 길게 늘어서서 전각이며 탑을 돌면서 한 해의 복과 소원을 간절히 빌고 또 빌었다.

지귀도 사람들의 행렬에 섞여 돌면서 부지런히 소원을 빌었다. 지귀는 먼저 신라와 여왕을 위해 빌었다.

'부디 우리 신라가 강한 나라가 되어 더는 백제나 고구려의

침략을 받지 않게 해 주시고, 폐하께서 강녕하시도록 보살펴 주십시오.'

여왕은 건강이 좋지 않아 어느 절의 행사에도 참석하지 않고, 궁궐에서 대보름 밤 행사를 치른다고 했다. 만약 여왕이 황룡사 같은 큰 절의 행사에 참석했다면 지귀도 굳이 황룡사로 갔을지도 모른다. 여왕을 가까이서 뵙지는 못해도 같은 절 경내에 있다는 사실만으로도 지귀는 충분히 벅차고 행복했을 터였다.

두 번째 소원은 아버지의 명복과 어머니의 건강이었다. 어머니는 여전히 허리가 편치 않았다. 어머니도 영묘사까지 오고 싶어했지만, 허리 때문에 집에서 가까운 절로 갔다.

마지막으로 지귀는 자신의 꿈과 가진을 위해 빌었다.

'가진랑의 낭도가 된 것이, 결국에는 제 꿈을 이루는 길이 되게 해 주십시오. 이왕 가진랑의 낭도가 되었으니, 좋은 낭도가 되고 싶습니다.'

그 소원을 빌고 나서 지귀는 으레 고개를 들어 확인하듯 앞쪽을 살펴보았다. 지귀보다 대여섯 사람 앞쪽에 가진과 설화가 있었다. 처음에는 가진이 지귀 바로 앞에 있었는데, 탑과 전각을 도는 사이에 사람들이 들고나면서 그리 된 것이다.

지귀는 가진의 낭도였다. 예사 낭도가 아니라 이런 곳에 함께 올 만큼 신임을 받는 낭도였다. 지귀는 그 사실이 놀랍고 또 자랑스러우면서도 마음 한구석은 늘 개운치 않았다.

순리대로라면 지귀는 법민의 낭도가 되어 지금쯤 황룡사에 있어야 마땅했다. 법민은 춘추공과 김유신 장군과 집안 식구들과 함께 황룡사로 간다고 했다.

법민과 김유신 장군이 황룡사로 간 것이 지귀로서는 정말 다행스러운 일이었다. 혹여 같은 절에 있다가 마주치기라도 한다면 어색하고 난처할 터였다. 무엇보다 가진을 대하기가 떳떳치 못할 것 같았다.

정말이지 한치 앞도 모르는 것이 사람의 일인 듯했다. 지난해 봄에 가진을 찾아갈 때만 해도 지귀는 가진이 그처럼 선선히 자신을 낭도로 받아 줄 거라고는 전혀 예상치 못했다. 설령 가진의 낭도가 된다 해도 일 년이 채 안 되는 짧은 기간에 가진의 신임받는 낭도가 되리라고는 더더욱 예상치 못했다.

일이 너무 쉽게 자신이 원한 대로, 아니 김유신 장군이 원한 대로 되어가는 것이 어쩐지 불안하기도 했다. 가진의 낭도가 되고나서 지귀는 김유신 장군의 뜻에 따라, 한 달에 한 번씩 법민을 만나 가진과 낭도들 소식을 전해 주곤 했다.

지귀가 들려주는 소식을 법민도 이미 알고 있을 때가 많아, 그나마 전해 줄 소식도 별로 없긴 했지만, 법민은 가진이 날이

갈수록 지귀를 신임한다는 사실만으로도 기뻐하는 것 같았다.

지귀는 계속 그렇게, 그다지 전할 소식이 없었으면 싶었다. 김유신 장군이나 법민이 어떤 소식을 기대하는지는 모르지만, 지귀는 지금 이대로가 좋았다.

사람들 손에 들린 연꽃등의 긴 행렬이 전각에서 탑으로, 탑에서 다시 전각으로 부드럽게 물결치며 흘러갔다. 행렬은 벌써 여러 차례 영묘사 경내를 돌고 또 돌았다. 그 사이에 새로 사람들이 행렬에 끼어들거나, 소원을 다 빈 사람들이 빠져나가기도 하였다.

영묘사 경내를 다섯 차례 돌고 나서 옥문지에 이르렀을 때 지귀는 가진과 약속한 대로 행렬에서 빠져나왔다. 가진과 설화가 웃으며 연못가에 서 있었다. 연꽃등의 행렬이 달빛과 함께 춤을 추며 옥문지를 돌아 다른 전각 쪽으로 흘러갔다.

옥문지 연못가에 셋만 호젓하게 남았다. 달빛으로 일렁이는 연못을 보며 지귀는 불현듯 여왕을 생각했다. 여왕은 이 곳 옥문지에서 개구리들이 운다는 소식을 전해 듣고 백제군이 숨어 있는 곳을 알아맞혔다고 했다. 여왕의 깊고 맑은 눈이 떠올랐다. 가슴이 와르르 떨려왔다.

'폐하의 빛나는 지혜를 반의반만이라도 닮을 수 있으면 얼마나 좋을까…….'

또다시 마음 한구석이 날카로운 비수에라도 찔린 것처럼 아파왔다. 지귀는 속으로 가만히 한숨을 내뱉으며 아픔이 가라앉기를 기다렸다.

"지귀는 무얼 빌었소?"

가진이 물었다.

"신라와 폐하의 평안을 빌고, 어머니께서 건강하시기를 빌고, 낭의 좋은 낭도가 되게 해 달라고 빌었습니다. 낭은 무얼 빌었는지요?"

"사람이 비는 것은 다 비슷한가 보오. 나 역시 신라와 폐하를 위해 빌고, 부모님을 위해 빌고, 마지막으로 나 자신을 위해 빌었다오."

가진이 '나 자신을 위해 빌었다'고 말하면서 설화를 보았다. 설화를 바라보는 가진의 눈빛이 그윽했다. 설화도 수줍게 웃으며 가진을 바라보았다. 달빛 아래 두 사람의 모습이 그림처럼 아름다웠다.

지귀가 가진과 함께 설화를 만난 것은 이번이 세 번째였지만, 지귀는 두 사람이 서로를 얼마나 애틋하게 사랑하는지 잘알고 있었다. 오늘 밤 둘은 아마도 똑같이, 행복한 혼례식 날이빨리 다가오기를 빌었을지도 모른다. 가진이 외아들인데 반해설화는 형제가 많았다. 오라비 셋에 언니도 둘이나 있었다. 오라비들과 언니 하나는 이미 혼인을 했고 남은 언니가 올해 혼례를 치른다고 했다. 그리고 가진과 설화는 내년 꽃피는 봄에 혼례식을 올린다고 했다.

설화의 아버지 비담공은 두 달 전 상대등이 되었다. 상대등은 위로는 폐하 한 분을 모시고 아래로는 모든 대신들과 백성들을 거느리는 최고의 자리다. 만약 폐하께서 후계자를 정하지 않고 세상을 떠나신다면, 상대등이 대신들의 추대를 받아 다음 임금이 될 수도 있다고 광덕이 말해 주었다. 아직까지 후계자를 정하지 않으신 것을 보면 어쩌면 폐하는 후계자 문제를 상대등과 대신들에게 맡기실 생각인지도 모른다고도 했다.

정말 그렇다면, 내년에 있을 가진과 설화의 혼례식은 한층 화려하고 성대할 것이다. 지귀도 잔치에 초대받아 두 사람의 행복한 혼인을 축하하게 될 터였다. 그 행복한 혼례식을 상상하자 지귀는 덩달아 마음이 편안해졌다.

아무쪼록 오늘 밤의 기원들이 모두 이루어졌으면 싶었다. 가진도 설화도 자신도, 그리고 무엇보다 폐하께서 올 한 해에 소원하신 일을 다 이루기를, 지귀는 달빛이 번져가는 연못을 바라보며 빌고 또 빌었다.

2.

바람이 선선해지면서 햇볕이 더 따뜻해졌다. 곡식 알갱이를 속속들이 여물게 하는 가을 햇볕이었다. 봄부터 여름 내내 백성들이 땀 흘려 가꾼 곡식이 이제 하늘의 보살핌으로 영글어가고 있었다.

가을로 접어들자 김춘추는 당나라에 군사를 청해야 한다고 다시 여왕에게 주청했다. 대야성을 빼앗기고 사랑하는 딸을 잃은 것이 꼭 이맘때쯤이었다. 딸을 잃은 지 4년이나 지났는데도 원한을 갚기는커녕 딸 고타소의 유골을 찾아오지도 못했다. 그래서 김춘추는 가을이 되면 군사를 청하는 문제를 더 끈질기게 여왕에게 주청하는 건지도 몰랐다. 요즘 어전회의에서는 그 문제를 놓고 비담 측과 춘추 측의 주장이 날카롭게 대립했다.

"폐하, 당나라에 군사를 청하는 일을 더는 미루셔서는 아니되옵니다. 자장 법사의 건의대로 당나라 연호를 쓰고 당나라 관복을 입는 문제를 결정한 연후에 신을 당나라로 보내 주시옵소서. 신이 반드시 당나라와 군사동맹을 성사시키고 돌아오겠나이다."

어전회의 때 김춘추는 또 그 문제를 꺼냈다. 춘추 측 대신들 몇 명이 동조하자, 비담이 반대하고 나섰다.

"폐하, 우리 신라는 당의 속국이 아니옵니다. 어찌 당나라 연호를 쓸 것이며, 또한 내 나라 관리가 어찌 당나라 관복을 입는단 말입니까? 절대 아니 될 일이옵니다."

비담 측 대신들이 절대 아니 될 일이라고 입을 모았다. 춘추가 다시 말했다.

"폐하, 신라의 앞날이, 명운이 달린 일이옵니다. 당나라 연호를 쓰고 당의 관복을 입어서 군사동맹을 맺을 수만 있다면, 이는 작은 것을 내주고 큰 것을 얻는 일이니, 어찌 망설임이 있겠나이까?"

"폐하, 춘추공의 방책이 우리 신라를 위한 최상의 방책이옵니다. 가납하시옵소서."

춘추 측 대신들이 다시 힘을 보탰다. 비담이 발끈했다.

"폐하, 춘추공의 변설에 현혹되시면 아니 되옵니다. 지금 당의 힘을 빌리는 것이 일견 손쉬운 듯해도, 뒷날 반드시 그에 대한 가혹한 대가를 치러야 할 것이옵니다. 이는 여우를 쫓으려고 호랑이를 불러들이는 격이니, 어찌 현명한 처사라 할 수 있겠사옵니까? 우리는 우리 힘으로 신라를 지켜야 하옵니다."

비담 측 대신들이 비담의 말에 적극 찬성했고, 춘추 측 대신들도 질세라 한 마디씩 춘추의 의견을 두둔했다. 양측은 한치의 양보도 없이 설전을 주고받았다.

"짐도 상대등의 말에 공감은 하오. 누군들 내 힘으로 내 나라를 지키고 싶지 않겠소? 허나 이상은 언제나 현실과는 거리가 있는 법이오."

해쓱한 얼굴로 대신들의 입씨름을 듣고만 있던 여왕이 비담에게 고개를 돌리며 말했다.

"폐하, 결코 이상만은 아니옵니다. 우리 백성 모두가 한마음으로 뭉쳐 힘을 기른다면 막아 내지 못할 적이 어디 있으며, 이루지 못할 일이 또 무엇이겠습니까?"

"폐하, 우리가 힘을 기른다면서 망설이고 있는 사이에 고구려와 백제가 신라를 집어삼키고 말 것이옵니다. 우선 당의 연호를 쓰고 당의 관복을 입기로 결정한 후에."

"폐하, 당의 연호와 관복은 절대 불가하옵니다. 신 비담, 국사를 책임지는 상대등으로서 신라가 당의 속국이 되는 것을 보고만 있을 수는 없사옵니다. 그건 멸망보다 더한 치욕이 될 터."

"큰일을 위해 잠시 굽히는 것뿐이거늘, 어찌 그를 두고 속국이니 뭐니 하면서 호들갑을 떠시는 겁니까?"

김춘추가 비담을 쏘아보며 말했다. 비담이 눈썹을 가운데로 모으더니 두 눈에 힘을 주었다. 염종이 비담을 거들었다.

"춘추공, 너무 무례하오. 상대등은 이 나라 조정의 최고 어른이시오. 말을 가려서 하시오."

"이제 그만들 하오. 신라를 생각하는 공들의 충정, 짐도 잘

아오. 신라를 위한 상대등의 깊은 혜아림, 짐이 어찌 모르리오. 짐 또한 신라의 앞날을 염려하여 밤잠을 제대로 이루지 못하오. 춘추공 또한 신라의 대장부니 어찌 신라의 영광을 바라지 않겠소? 허나 신라가 누구를 부르고 있는지는 아직 아무도 모르오. 오늘 회의는 이만 마치겠소. 그만들 퇴궐하여, 신라를 위한 최선의 방책이 무엇인지, 다시 한 번 잘 생각해 보도록 하오.”

여왕이 단칼에 자르듯이 마무리를 짓고는 옥좌에서 일어났다. 대신들이 모두 머리를 조아렸다.

3.

바람이 살을 에는 듯 차가웠다. 어느새 11월, 또다시 한 해가 저물고 있었다.

따뜻한 내전에 앉아 있는데도 여왕은 어깨가 시리고 뼈가 저렸다. 요즘 들어 부쩍 여왕은 건강이 좋지 않았다. 침을 맞고 탕약을 꾸준히 마셔도 좀처럼 예전의 기력이 돌아오지 않았다. 궁궐 찬모들이 지어 올리는 갖가지 맛있는 음식도 입에 껄끄럽기만 했다. 이따금 가슴에 심한 통증이 오기도 했다. 밤에 자다가도 지독한 통증 때문에 잠을 깬 적도 여러 번이었다.

사위어 가는 촛불처럼 자신의 삶이 다해 가고 있음을 여왕은 느끼고 있었다. 마지막 날이 오기 전에 꼭 해야 할 일이 두 가지 남아 있었다.

그 하나는 후계자를 발표하는 일이었다. 다른 하나는 지난 삶을 돌이켜 보고 허물이 있으면 바로잡고 미처 닦지 못한 마음을 깨끗이 닦아 부처님 세상, 도리천으로 갈 준비를 하는 일이었다.

무엇보다 중요한 일은 승만을 후계자로 발표하는 일이었다. 신라의 장래를 생각하면 승만에게 대통을 물려주어 김유신과 춘추에게 더 힘을 실어 주는 것 말고는 달리 방법이 없었다.

춘추는 얼마 전 바다 건너 섬나라 왜국으로 갔다. 그 동안 왜국은 백제계들이 조정의 실세여서, 백제와 가까웠다. 그런데 이번에 새 집권 세력이 들어섰다. 뒷날 당나라와 군사동맹을 맺어 백제를 칠 때를 대비하여 왜국의 새 집권 세력과 우호 관계를 맺어 두어야 한다는 것이 춘추의 뜻이었다.

춘추는 내년 정월이 지나야 돌아올 터였다. 춘추가 돌아오면 당나라에 군사동맹을 청하는 일이 다시 조정의 현안으로 떠오를 터였다. 더는 그 문제로 입씨름만 할 수는 없었다. 이제는 나라의 방침을 정해, 실행해 나갈 때였다.

승만을 후계자로 삼아야 한다는 것은 이미 마음 속으로 결정한 일이었다. 그러면서도 여태 발표하지 못한 것은 오로지 가진 때문이었다. 후계자 발표가 가진의 장래에 어떤 좋지 않은 영향을 끼치게 될지, 상상을 하는 것만으로도 두려웠다.

그러나 이제 더는 발표를 미룰 수가 없었다. 여왕은 자신의 삶이 얼마 남지 않았다는 것을 예감하고 있었다. 발표를 차일피일 미루다가 덜컥 일을 당하면, 신라의 미래가 혼란에 빠질 수도 있었다.

'아, 가진아. 너에게 뭐든 다해 주고 싶었는데, 결국 난 아무것도 해 줄 수가 없구나. 나라와 백성을 위해서는 많은 것을 할 수 있는 임금인데, 널 위해서는 아무것도 할 수가 없구나. 아무것도……'

여왕의 눈에 눈물이 고였다. 눈물이 뺨을 타고 흘러내렸다. 여태까지 여왕은 나라와 백성을 위해 여러 번 눈물을 흘렸다. 하지만 오직 한 사람만을 위해 눈물을 흘린 것은 이번이 처음이었다. 그래서 더욱 그 눈물은 아득하고 더더욱 아팠다.

4.

아버지는 밤늦게 돌아왔다. 한 달 전부터 아버지는 퇴궐한 뒤 자주 상대등 비담공의 집으로 갔다가 밤이 이슥해서야 돌아오곤 했는데, 오늘은 다른 날보다 귀가가 더 늦었다.

밤바람이 얼음장처럼 차가운 날이었다. 한 해를 보내면서 섣달 추위가 막바지 기승을 부리는 모양이었다.

가진은 어머니와 함께 아버지를 맞았다. 방 안이 따뜻한데도, 아버지가 몰고 들어온 서릿발 같은 냉기는 녹어 들지 않았다.

어머니가 걱정스러운 표정으로 아버지를 지켜 보았다. 아버지가 밤늦게 상대등의 집에서 돌아오면 어머니는 으레 그늘진 얼굴로 아버지를 바라보곤 했다. 아버지가 어머니를 안심시키려는 듯 애써 웃었다. 하지만 그 웃음에도 여전히 맵짠 추위가 묻어 있었다.

"상대등 어른과 나랏일에 대해 많은 의논을 했더니 좀 고단하구나. 가진아, 너도 그만 건너가 쉬어라."

가진은 제 방으로 돌아왔다. 깊은 밤인데도 잠이 올 것 같지 않았다. 가진은 책을 펼쳤다. 글자 대신 설화의 얼굴이 어른거렸다. 그저께 만났을 때 설화가 했던 말이 퍼뜩 되살아났다.

"아버지와 오라버니들, 그리고 여러 대신들이 우리 집에서 밤늦게까지 심각하게 말씀들을 나누시곤 해요. 대체 무슨 일일까요? 이상하게 불안하고, 두려워요."

설화는 사나운 독수리에게 쫓기는 작은 새처럼 바들바들 떨었다. 가진은 설화를 품에 안고 다독다독 달래 주었다.

"괜찮아. 별일 아닐 거야. 그냥 나랏일을 걱정들 하시는 게

지. 설혹 무슨 일이 있다 해도 설화는 걱정할 것 없어. 내가 설화를 지켜 줄 거니까……."

가진의 품에서 설화는 짧게 흐느꼈다. 모두가 부러워하는 상대등의 막내딸 설화가 울다니……. 어린 시절부터 오누이처럼 함께 자라면서도 가진은 설화의 눈물을 본 적이 거의 없었다. 그래서 가진은 설화의 눈물이 더욱 마음아팠다.

"아무 일도 없을 거야. 예전하고 달라진 게 없잖아."

그제야 설화는 눈물을 씻으면서 어느 때의 설화로 돌아왔지만, 가진도 설화도 알고 있었다. 이미 모든 것이 달라져 버렸다는 것을…….

한 달 전 여왕이 후계자를 발표했다. 마지막 성골인 승만 공주가 다음 대통을 이을 후계자로 정해졌다. 어느 정도 예상을 했던 터라 가진은 그 소식을 담담히 받아들였지만, 아버지와 비담공은 전혀 그렇지 못했다.

물론 가진도 내심 여왕이 끝까지 후계자를 발표하지 않기를 바라기는 했다. 그래서 뒷날 상대등 비담공에게 기회가 왔으면 했다. 아버지와 비담공이 그 일을 간절히 바라고 있다는 것을 알기 때문이었다. 하지만 여왕의 후계자 발표가 비담공과 아버지에게 그렇게 큰 충격이 될 거라고는 상상도 못한 가진이었다.

모든 것이 갑자기 달라져 버린 것은 그 때부터였다. 아버지는 자주 비담공의 집으로 밤나들이를 갔고, 집안 분위기는 나날이 무겁게 가라앉았다. 어머니와 설화의 얼굴에 그늘이 내리기 시작한 것도 그 때부터였다.

'대체 무슨 의논들을 하시는 걸까?'

커다란 맷돌이 얹힌 듯 마음이 무거웠다. 가진은 숨을 크게 내쉬었다. 촛불이 휘청 허리를 꺾었다. 가진은 책을 덮고 침상으로 다가갔다. 억지로 잠을 청해 볼 작정이었다.

그 때 바깥에서 하인의 목소리가 들렸다.

"도련님, 아버님께서 찾으십니다. 별채에 계십니다."

가진의 가슴이 쿵 소리 내며 내려앉았다. 이처럼 이슥한 밤에 아버지가 가진을 부른 적은 한 번도 없었다.

가진은 방을 나섰다. 매서운 섣달 바람이 가진의 얼굴을 후려쳤다. 별채까지 그리 먼 거리가 아닌데도 그 사이에 뺨이 얼얼해지면서 몸이 바짝 얼어버렸다.

별채 방으로 들어서자 따뜻한 기운이 얼굴에 훅 끼쳐 왔다. 아버지는 찻잔을 앞에 두고 탁자 앞에 앉아 있었다. 화로에 얹힌 주전자에서 찻물이 보글보글 끓고 있었다.

"함께 차나 마시자고 불렀다."

아버지의 말은 여유로웠지만 표정은 결코 여유롭지 않았다.

"찻물이 우러날 동안 바깥을 한번 살피고 오너라. 별채 근

처에는 아무도 얼씬 말라고 일러두었다만, 잡도리는 단단히 해 두어야지. 별채로 들어오는 중문도 닫아걸고 오너라."

가진은 아버지가 시키는 대로 바깥을 살피고 다시 안으로 들어왔다. 심장이 감당하기 힘들 만큼 심하게 요동쳤다. 가진은 입술을 질끈 깨물며 마음을 진정시키려 애썼다.

찻물이 잘 우러났다. 가진은 잠자코 차를 마시면서 아버지가 말을 꺼내기를 기다렸다. 은은하고 따뜻한 차가 뒤숭숭한 마음을 차분하게 가라앉혀 주었다.

"가진아, 아비는 상대등 어른과 함께 거사를 일으키기로 했다."

거사? 가진은 저도 모르게 찻잔을 소리 나게 내려놓으면서 아버지를 똑바로 바라보았다.

"거사라니요, 아버지?"

"폐하께서 악수를 두셨다. 승만 공주가 다음 임금이 되면, 춘추공은 날개 달린 호랑이가 되고, 신라는 머지않아 당의 속국이 되고 말 거다. 상대등 어른이며 여러 대신들, 그리고 아비는 그 일을 두고 볼 수만은 없다는 데에 뜻을 같이했다."

"허나 폐하께서 정하신 일에 반대한다는 것은 결국……."

가진은 차마 뒷말을 꺼내지 못하고 말꼬리를 흐렸다. 아버지가 대신 말을 받았다.

"우린 반역을 하려는 것이 아니다. 다만 나라를 위해 폐하께서 다시 한 번 결정하실 기회를 드리자는 것뿐이다."

"어찌 신하가 임금께 기회를 드린단 말입니까? 기회는 임금이 신하에게 내리는 것입니다."

가진이 항의했다. 아버지가 엄한 눈빛으로 가진을 바라보았다.

"내 말, 마저 들어라. 이 달 스무여드렛날 아침에, 조상 어른들께 제사를 드리러 폐하께서 영묘사에 납신다. 그 때 김유신 장군이 궁궐을 지킬 것이다. 폐하가 안 계신 궁궐에 감히 대(大)부대를 배치할 수는 없으니, 궁궐을 늘 지키는 정도의 군사일 것이다. 우린 그 때 궁궐로 들어가 김유신을 제압한 다음, 폐하께서 환궁하시면 승만 공주를 다음 후계자로 도저히 받아들일 수 없는 우리 대신들의 뜻을 말씀드릴 것이다."

"아버지, 아무리 명분이 좋아도 그건……."

가진이 또 뒷말을 잇지 못하고 말꼬리를 흐렸다.

"역심을 품었다면 하필 폐하께서 궁궐을 비우신 날 거사를 하지는 않을 것이다. 폐하가 궁궐에 계신 날 쳐들어가 폐하를 폐위시키고, 상대등 어른이 당장 임금의 자리에 앉겠지. 허나 반역이 아니기에 우린 절차를 밟아 후계자 문제를 바로잡으려는 것이다."

"만약 이 일이 실패하면 그 땐 어찌되는 것이옵니까?"

"당연히 반역 죄인으로 처형당할 것이다. 원래 거사란 것이 그런 것이 아니더냐. 성공하면 충신, 실패하면 역적."

아버지가 흔들림 없는 표정으로 자르듯이 말했다. 가진은 착잡했다. 거사의 명분에는 충분히 공감하지만, 누가 뭐래도 이건 반역이었다. 실패 뒤의 죽음보다 반역의 누명이 가진은 더 두려웠다. 자신은 싸움터에서 나라를 위해 영광스럽게 죽어야 할 화랑이 아닌가.

"폐하의 병세가 심상찮아서 걱정이구나. 만약 폐하가 갑자기 승하하시고 승만 공주가 임금이 되면 일은 돌이킬 수 없게 된다. 새 임금은 춘추의 편을 들어 연호와 관복을 당나라식으로 바꿀 거고, 춘추는 그 즉시 당나라로 달려가 군사동맹을 맺을 것이다. 백제와 고구려를 치려고 당의 군사를 이 땅으로 끌어들인다면, 신라 또한 당에 먹히고 말 거다. 지금 그 일을 막지 못하면, 천추의 한이 된다, 가진아."

아버지가 설득하듯 차근차근 말했다. 가진은 묵묵히 촛불만 바라보다가 아버지에게 눈길을 돌렸다.

"승만 공주께서 다음 임금이 된다 해도 어찌 춘추공의 뜻대로만 되겠는지요? 상대등 어른과 다른 대신들이 마음을 모아 결사반대를 한다면."

지푸라기라도 잡는 심정으로 가진은 다시 한 번 에둘러 거사 반대의 뜻을 밝히려 했지만, 아버지가 서둘러 뒷말을 잘랐다.

"가진아, 화살은 이미 활시위를 떠났다. 상대등 어른도 아비도 깊이 생각한 끝에 결정한 일, 이제 우린 물러설 곳이 없다."

"……."

"가진아, 아비도 그랬지만 너 또한 선택의 여지가 전혀 없다. 설화를 위해서라도 너는 네 낭도들과 함께 거사에 참여해야 한다."

가진은 눈을 내리깔고 찻잔의 투명한 찻물만 멍하니 바라보았다. 어렸을 때 지귀에게 해 주었다던 말이 생각났다. 골품제도는 어른들이 만들어 놓은 것이고, 우린 그냥 따를 뿐이라고 했다던가. 지금도 똑같았다. 아버지가 정한 일, 가진은 싫건 좋건 따르는 것 말고는 달리 할 수 있는 일이 아무것도 없었다.

이제 다른 복잡한 일은 더는 생각하면 안 된다. 오직 어머니와 설화를 지키기 위해서 거사가 성공하도록 힘껏 돕는 일만 남았다. 가진은 마음을 다독이며 차를 마셨다.

"믿을 만한 낭도들에게만 사실을 알리고 거사에 참여시키도록 해라."

"믿을 수 없는 낭도 같은 건 없습니다, 저한테."

아버지에 대한 불편한 마음이 말과 함께 그대로 쏟아져 나왔다. 아차 싶었지만, 이미 들켜 버린 마음이었다. 아버지는 꽤 넘치 않다는 듯 담담하게 물었다.

"지귀라는 아이는 어떠냐? 너무 늦게 네 낭도가 되지 않았느냐?"

"지귀 또한 제가 믿는 낭도입니다."

이번에는 공손하게, 그러나 단호하게 말했다. 아버지도 가진도 말없이 다시 차를 마셨다.

그래, 지귀가 있었구나. 지귀를 생각하자 가진은 깜깜한 밤에 반딧불 하나를 본 듯한 기분이 들었다. 지귀가 폐하를 얼마나 열렬히 흠모하는지 가진은 잘 알고 있었다. 비록 직접 고백한 적은 없지만 어쩌다 여왕에 대해 말할 때 지귀의 눈빛이나 말투로 가진은 충분히 짐작할 수 있었다. 게다가 지귀는 조정의 파벌이나 권력과는 아무 상관이 없는 평민으로, 여왕에 대한 그 마음은 순수하고 올곧았다.

그런 지귀가 거사에 참여해 준다면, 이번 거사의 참뜻을 이해해 준다면, 가진도 이번 거사가 결코 반역이 아니라는 아버지의 말을 받아들일 수 있을 것 같았다.

나라를 위해 큰일을 하고 싶다던 지귀였다. 반역이 아니라, 신라의 장래를 위해 후계자 문제를 바로잡으려 할 뿐이라는 사실을 알면 지귀는 기꺼이 거사에 참여할 터였다. 가진은 그렇게 믿고 싶었다. 아니, 이미 그렇게 믿었다.

5.

한 해가 저물어가는 섣달 스무닷샛날, 법민은 차가운 바람을 맞으며 영묘사로 향했다. 지귀를 만나러 가는 길이었다.

가진의 낭도가 된 다음부터 지귀는 법민의 집으로 찾아온 적이 한 번도 없었다. 대신 둘은 한 달에 한 번씩 영묘사 요사채 안쪽 작은 방에서 만났다. 만나서도 꼭 필요한 말만 나누었고, 용무가 끝나면 둘 중 하나가 먼저 자리를 떴다. 사람들이 많이 드나드는 곳인지라 둘이 같이 있는 모습이 남의 눈에 띨 수도 있기 때문이었다.

법민은 또 지귀에게 급한 일이 있을 때면 영묘사를 통해 연락을 하라고도 일러두었는데, 지금까지 지귀가 먼저 그런 연락을 보낸 적은 없었다.

'오늘도 별 소식이 없으려나?'

여왕이 후계자를 발표했으니 상대등 측에서도 무언가 반응이 있을 법도 했다. 안 그래도 외숙은 구 대신들이 상대등의 집에서 자주 모임을 갖는다는 보고를 받고 있었다.

'별 일이 있었다면 지귀가 벌써 연락을 했을 텐데……. 어쩌면 가진랑이 지귀에게 말하지 않았을 수도 있지. 너무 늦게

낭도가 되었으니…….'

겨울날 늦은 오후의 영묘사는 한산했다. 법민은 요사채로 갔다. 법민이 방으로 들어가자 먼저 와서 앉아 있던 지귀가 일어났다. 법민은 지귀와 마주 앉았다.

"방 안이 너무 어둡군. 등잔을 가져오라고 할까?"

"아닙니다. 전할 말만 전하고, 먼저 일어나겠습니다."

억눌린 듯한 지귀의 목소리에서 법민은 심상찮은 낌새를 알아차렸다.

"특별한 소식이라도 있는가?"

법민이 곧바로 요점을 물었다. 지귀가 잠시 망설이더니 입을 열었다.

"한 가지 알고 싶은 것이 있습니다."

"말해 보게."

"대신들이 폐하께서 결정하신 일에 반대한다면 그건……?"

"일단 결정하신 일에는 따르는 것이 신하의 도리지. 때론 벼슬자리에서 물러날 각오를 하고 결정을 거두어들이시라고 간하는 경우도 가끔 있긴 해. 만약 폐하의 결정이 마음에 들지 않는다고 해서 군사를 일으키기라도 한다면, 그건 명백한 반역이지. 아니 그런가?"

법민은 짚이는 바가 있어 날것 그대로 반역이란 말을 내뱉었다. 방 안이 어둑하긴 했지만 법민은 지귀의 얼굴이 창백해지는 것을 똑똑히 보았다.

"상대등과 구 대신들이 역모를 꾸미고 있는 모양이군."

법민은 역모라는 말에 유난히 힘주어 말했다. 지귀는 대답하지 않았다. 방 안에 한동안 길고 무거운 침묵이 흘렀다. 법민이 먼저 입을 뗐다.

"폐하께선 신라를 위해 깊이 생각하신 끝에 승만 공주를 후계자로 정하셨네. 내심 대신들의 추대를 받아 다음 대통을 잇고 싶었던 상대등으로선 불만이 많겠지. 만약 상대등과 구 대신들이 그 일로 군사를 일으킨다면, 아무리 허울 좋은 말로 치장을 해도 그건 권력에 대한 욕심에서 저지르는 반역일 뿐이지."

지귀는 계속 침묵을 지켰다. 함께 침묵하고 있던 법민이 불현듯 물었다.

"반역에 대한 얘기는 언제 들었나?"

"나흘 전에……."

"그건 아주 중요하고 화급한 일인데, 왜 즉시 연락하지 않았나?"

지귀는 잠시 망설이더니 마지못해 대답했다.

"어차피 오늘 만날 거라서……."

"가진랑 때문에 괴로운가?"

법민이 내쳐 물었다. 지귀는 흠칫하더니, 중얼거리듯 말했다.

"가진랑은 절 믿습니다. 짐승도 저를 아껴 주는 사람은 해치지 않는 법인데……."

"나 또한 가진랑을 생각하면 마음이 편치 않네. 가진랑은 좋은 화랑이야. 많은 낭도들이 그를 따르고 존경하지. 사실 어렸을 땐 나도 가진과 벗이 되고 싶었어. 하지만 우린 가는 길이 너무 달라 결국 벗이 될 수 없었지. 역모죄로 죽기에는 아까운 화랑이지만, 어쩌겠나, 그게 가진랑의 길인 것을……."

법민이 탄식하듯 나지막이 말했다. 지귀가 고개를 떨구었다. 법민이 차분하게 말했다.

"지귀도 마찬가지야. 가진랑과 가는 길이 다를 뿐이지. 그러니까 지귀는 가진랑을 배신하는 것이 아니고, 반역으로부터 폐하를 지키는 걸세. 저들의 못된 반역을 막아 낸 다음에 폐하를 뵙도록 해 주겠네. 아마 폐하께서는 지귀의 공을 칭찬하시고 큰 상을 내리실 걸세."

지귀는 내내 입을 다물고만 있었다. 법민도 더는 지귀를 재촉하지 않고 참을성 있게 기다렸다. 마침내 지귀가 입을 열었다.

"그러니까 그 일, 거사는……."

'거사'라는 말에 법민은 저도 모르게 이맛살을 찌푸렸지만, 잠자코 지귀가 하는 말에 귀를 기울였다.

6.

촛불이 심하게 몸을 떨었다. 가진은 멍하니 촛불을 바라보며 생각했다. 외풍 때문일까? 생각은 거기서 멈췄다. 될 수 있으면 생각을 없애려 애쓰는 중이었다.

거사 전날 밤이었다. 거사 준비는 다 끝났다. 모든 준비는 상대등 비담공과 아버지가 다했다. 가진이 한 일은 거사를 함께할 낭도를 가려 뽑은 것뿐이었다. 만약의 경우를 생각해 가진은 최소한의 낭도에게만 거사를 알렸다. 자신으로 인해 많은 낭도가 희생당하는 것을 원치 않았다. 가진이 선택한 낭도들은 기꺼이 거사에 참여하겠노라며, 거사가 실패할 경우 죽음까지도 같이하겠다고 맹세했다.

이제 날이 밝으면 낭도들과 더불어 행동하는 일만 남았다. 생각 같은 건 필요 없었다. 그런데도 가진의 마음은 자꾸 무언가를 따져 보고 헤아려 보고 싶어했다.

'섣불리 당나라에 기댔다가는 결국 당의 속국이 되고 말 거야. 아버지와 상대등 어른의 생각이 옳아. 그 일만은 무슨 일이

있어도 막아야 해. 신라를 지키고 어머니와 설화를 지키려고, 낭도들과 난 거사에 참여하는 거야…….'

다만 한 가지 마음에 걸리는 것은 여왕이었다. 여왕은 가까운 핏줄인 법민보다 가진을 더 아껴 주었다. 가진 또한 여왕의 혜안을 철석 같이 믿었다. 그런 여왕이 승만 공주를 후계자로 선택했다면 다 그만한 까닭이 있어서가 아닐까? 가진은 이번 거사가 성공하든 못하든, 어떤 경우에도 '반역'이라는 누명만큼은 쓰고 싶지 않았다. 아버지와 상대등은 한사코 반역이 아니라고 했지만, 여왕의 결정을 받아들일 수 없어서 거사를 일으킨다는 건 결국……?

가진은 고개를 저었다. 머릿속을 텅 비우려 했는데, 생각은 고집스럽게 한 방향으로만 파고들었다. 가진은 크게 숨을 내쉬었다. 촛불이 한층 격렬하게 몸을 떨었다.

"도련님."

바깥에서 하인의 목소리가 들렸다. 이 밤에 또 아버지가 부르시는가 싶어서 가진은 방문을 열었다. 자꾸 똑같은 생각에 빠지느니, 아버지와 이야기라도 나누는 편이 좋을 것 같았다.

"지귀라는 낭도가 찾아왔습니다."

하인이 뜻밖의 말을 전했다. 가진의 얼굴이 굳어졌다. 내일 거사 장소에서 만나야 할 지귀가 이 밤에 왜 느닷없이 찾아왔는지, 도무지 짐작이 가지 않았다. 아무튼 무슨 일인지 만나는 봐야 할 것 같았다.

"들어오라고 해."

"굳이 안 들어오겠답니다. 집 뒤편 동산 기슭에서 기다리겠 다고 했습니다. 잠깐이면 된다면서……."

가진은 집을 나섰다. 달이 없는 그믐께여서, 밤길은 캄캄했 다. 그래도 익숙한 길이고 어둠에 눈이 익자, 걷기가 훨씬 나았 다. 밤바람이 몹시 차가웠다.

지귀는 동산 기슭 큰 나무 아래 서 있었다. 가진은 지귀에게 다가갔다.

"무슨 일이오, 이 밤에……?"

"낭에게 꼭 하고 싶은 말이 있어서 왔습니다."

"이 밤에 내가 꼭 들어야 할 말인 게요?"

지귀는 대답하지 않았다. 침묵이 좀 길었다. 가진은 짐짓 밝 게 말했다.

"마음이 내키지 않으면 다음에 듣기로 하지. 잠깐 들어가서 몸이나 녹이고 돌아가오. 내일 거사를 위해 오늘 밤은 푹 쉬어 야 하오."

"우리에게 다음은 없습니다, 가진랑."

지귀가 다급하게 말을 토해 냈다. 가진이 즉시 되물었다.

"그게 무슨 뜻이오?"

지귀는 또 침묵했다. 가진이 날카롭게 소리쳤다.

"무슨 뜻이냐고 묻지 않소?"

"그게…… 김유신 장군은 만만한 상대가 아닙니다. 덫을 놓듯이 만반의 대비를 해 놓고 오히려 이번 거사를 기다리고 있는지도 모릅니다."

지귀가 몸을 가늘게 떨고 있음을 가진은 느낄 수 있었다. 손끝이 아려드는 추위 때문만은 아니었다. 지귀의 불안을 가진은 이해했다. 지귀는 가진이 보살펴 주어야 할 마음 여린 아우 같았다. 가진이 차분하게 말했다.

"그건 이미 짐작하고 또 각오한 일이오. 김유신 장군이 궁궐을 지키는데 어찌 그 방비가 허술하겠소? 지귀도 큰일을 앞두고 마음이 심히 불안한가 보오, 이 밤에 날 찾아온 걸 보면. 정 마음이 내키지 않으면 내일 거사 장소에 나오지 않아도 좋소."

잠시 망설이던 지귀가 다시 입을 열었다.

"낭, 이건 이미 진 싸움입니다. 누군가가 낭을 배반했어요. 내일 거사에 대해 김유신 장군은 속속들이 알고 있고, 철통 같은 방비책도 다 세워 놓았습니다. 상대등 어른과 낭의 아버님과 여러 대신들, 그리고 낭과 낭의 낭도들…… 결국은 모두 반역죄로 죽게 될 겁니다."

마른 밤하늘에서 번쩍 번개가 친 것만 같았다. 번개는 밤하늘을 단숨에 여러 갈래로 찢었고, 찢긴 하늘 조각들이 가진의 머리 위로 좌르르 쏟아져 내렸다.

"누가 대체, 대체 누가⋯⋯."

어둠 속에서 지귀가 고개를 푹 떨구었다. 가진의 심장이 쿵, 무거운 소리를 내며 내려앉았다. 뼛속까지 추위가 파고들었다. 자꾸만 발을 딛고 선 땅이 푹푹 꺼지는 것만 같아 가진은 두 다리에 잔뜩 힘을 주었다.

"설마 그대가⋯⋯ 그대가⋯⋯."

"그렇습니다. 내가 낭을 배신했어요."

느닷없이 누군가가 몽둥이로 뒤통수를 후려친 것만 같았다. 가진은 하얘지는 머릿속에서 무슨 생각이든 해 보려 안간힘을 썼다. 돌연 분노가 가진을 휘감았다.

"왜 날 배신했나? 내가 그토록 믿었는데, 죽은 내 아우처럼 생각했는데, 왜? 왜?"

가진의 격한 외침이 밤의 동산 저편으로 길게 메아리쳐 흘러갔다.

"전 김유신 장군님께 큰 은혜를 입었습니다. 장군께서 제게 부탁하셨지요, 낭의 낭도가 되라고⋯⋯. 법민랑이 말하더군요. 폐하의 결정에 반대하여 군사를 일으키는 것은 반역이라고. 상대등과 여러 대신들은 자신들의 권력을 지키기 위해 반역을 일으키는 것뿐이라고……. 폐하를 지키는 것이 신라를 지키는 것이라고도 했습니다. 저더러 나라를 위해 큰일을 한다고도 했지요……."

지귀는 열에 들떠 헛소리를 하는 사람처럼 중얼중얼 말을 풀어 놓았다. 가진은 차라리 귀를 막고 싶었다. 무릎에 힘이 풀려 그 자리에서 고꾸라질 것만 같았다. 오로지 솟구치는 분노의 힘으로 가진은 지귀 앞에 버티고 서 있었다.

"상대등 어른과 내 아버지가 오로지 당신들의 권력을 지키려고 반역을 하려 한다고? 하, 그렇게 생각할 수도 있겠군. 그렇게……."

지귀가 한 말을 확인하듯 되풀이하는 순간 가진의 분노가 마침내 폭발했다.

"어쩌자고 이제 와서 내게 그런 말을 하는 건가? 나한테 그 따위 진실을 일깨워 주어 내가 낭패하는 꼴을 보고 싶었던 건가? 싸움을 시작하기도 전에 처참하게 무너지는 내 모습이 그렇게도 보고 싶었냐구?"

"아닙니다, 낭. 맹세코 그런 건 절대 아닙니다. 지금 난 아무것도 모르겠어요. 신라가 당나라의 힘을 빌리는 것이 옳은지, 아니면 상대등 어른의 생각이 옳은지, 혼란스럽기만 합니다.

반역을 막아 폐하를 지키는 것이 당연한 일이라 믿었는데, 오로지 폐하를 지키려고 낭을 배신했는데, 이젠 그것까지도 잘 모르겠어요. 다만 낭을 배신했다는 사실이 견딜 수 없이 괴롭기만 할 뿐입니다."

지귀가 울먹였다. 진심이 담긴 울먹임이었다. 거짓말처럼 분노가 사그라지면서 서글픔이 찾아들었다. 아무리 몹쓸 짓을 해도 철없는 아우를 끝내 미워할 수만은 없듯이 지귀도 마찬가지였다. 가진은 숨을 고르고 또 골랐다.

"그만 돌아가. 널 보는 게 너무 고통스러워. 이제 그만 날 괴롭히고, 어서 내 눈앞에서 사라져."

"낭······."

"이제는 넌 내 낭도가 아니야. 어서 돌아가. 이대로 있다가는 내가 무슨 짓을 저지를지 나도 모르겠어. 그러니 어서 돌아가. 어서!"

가진이 버럭 소리를 질렀다. 지귀는 움찔하더니 비틀거리며 어둠 저편으로 사라졌다.

가진은 밤 추위에 몸이 얼어드는 것도 모른 채, 한참 동안 넋을 놓고 나무 아래 서 있다가 비척비척 걸음을 옮겼다. 곧 집 담장이 나타났다. 가진은 담장에 기댄 채 생각을 가다듬으려 애썼다.

'누굴 탓할 것도 없어. 지귀를 턱없이 믿은 사람은 바로 나야. 아버지가 주의를 주시는데도 내가 지귀에게 말했어. 거사의 명분을 지귀가 이해해 주길 바랐지. 내 마음이 편하자고 지귀에게 말했던 거야. 다 내 잘못이야. 내 잘못……. 아, 난 왜 그렇게 신념이 약했을까?'

또다시 걷잡을 수 없는 분노가 치밀었다. 가진은 주먹을 불끈 쥐고는 부서져라 담장을 치고 또 쳤다. 순간 가진은 얼굴을 찡그리며 나지막이 신음을 내뱉었다. 주먹이 으스러져 버린 것처럼 아팠다. 다른 한 손으로 아픈 손을 감싸 쥐었다. 끈끈한 피가 만져졌다.

가진은 크게 숨을 내쉬고 잠시 그대로 서 있다가 집안으로 들어갔다. 하인이 말했다.

"아버님이 찾으셨습니다. 지금 별채에 계세요."

"알았어. 곧 간다고 말씀드려."

가진은 우물로 가서 손을 씻었다. 손이 시리고 상처가 쓰라렸다. 가진은 제 방으로 가서 손을 닦으며 마음을 정리했다. 우선 지귀의 일은 자신만 알고 있어야 할 것 같았다. 김유신 장군이 내일 어떤 대비를 하고 있건 간에 거사를 중단할 수는 없었다. 어차피 거사가 오래 계속될 경우를 생각하여 그 다음 대책도 세워놓은 터였다.

가진은 내일 지귀가 거사 장소에 나오지 않는 것에 대해 아버지와 낭도들에게 어떻게 말할지 곰곰 생각한 다음 별채로 갔다.

"손이 왜 그러니?"

탁자에 앉는 가진을 보며 아버지가 물었다. 상처 난 손을 안 보이려고 조심했는데 아버지의 눈길이 더 빨랐다.

"밤길이 어두워서……."

아버지는 더 캐묻지 않고 다른 질문을 했다.

"지귀라는 낭도가 찾아왔다는데, 무슨 일이냐?"

"내일 거사 장소에 못 나올지도 모른다고 미리 알려 주러 왔습니다. 지귀의 어머니가 심히 편찮아서 밤새 상을 당할 수도 있는지라……."

아버지에게 미리 준비해 두었던 거짓말을 하는데 갑자기 울컥 목이 메었다. 다행히 가진은 재빨리 평온을 되찾았고, 평소의 어조로 말을 마칠 수 있었다.

"그랬구나……."

이번에도 아버지는 캐묻지 않았다. 방 안에 침묵이 들어찼다. 아픈 손을 감싸 쥐고 탁자만 내려다보던 가진이 불쑥 말을 꺼냈다.

"아버지, 만에 하나, 만에 하나 김유신 장군이 이번 거사를 미리 알고 있다면, 그래서 우리에게 별 승산이 없다면 그 땐 어찌하시겠습니까?"

아버지가 뚫어져라 가진을 보았다. 가진은 슬그머니 눈길을 떨구었다.

"네가 혹시 사실을 말하고 있는 것이 아니냐?"

가진은 세차게 고개를 저었다.

"아닙니다. 소자는 다만⋯⋯."

"굳이 해명할 것 없다. 김유신 장군이라면 능히 그럴 수도 있겠지. 그게 사실이든 아니든 이미 때는 너무 늦었으니, 우리에게는 더 이상의 기회도 없고 달리 선택의 여지도 없구나."

묘하게도 그 말이 가진의 마음에 위로가 되었다. 어쩔 수 없는 일에 대한 체념 같은 건지도 몰랐다.

"그만 가서 쉬어라. 낭도가 찾아왔다고 해서 걱정을 했는데 별일 아니라니 다행이구나. 이제 다른 생각은 하지 말고 내일 거사의 승리만을 생각하여라. 김유신 장군이 어떤 대비를 하고 있건 간에 내 나라를 내 힘으로 지키려는 우리의 의지를 꺾지는 못할 것이다."

가진은 제 방으로 돌아왔다. 밤이 이슥했으나 도저히 잠이 올 것 같지 않아 그냥 탁자 앞에 앉았다. 방 안이 따뜻한데도 자꾸 추웠다. 마음도 심하게 아팠다. 지귀의 고백을 듣는 순간

마음은 갈가리 찢어졌고, 계속 너덜거리며 비명을 질러 대고
있었다.

갑자기 설화가 몹시 보고 싶었다. 설화가 곁에 있다면 갈가
리 찢긴 마음이 거짓말처럼 말짱해질 것만 같았다. 지금 당장
상대등의 집으로 달려가고 싶었다. 그래서 설화가 있는 별당
담장을 넘어 아무도 모르게 설화를 데리고 나오고 싶었다. 그
런 다음 설화와 함께 멀리, 깊은 산속으로 달아나 숨으리라. 화
랑정신, 신라, 그런 복잡한 일들은 까맣게 잊고 약초도 캐고 부
대밭(화전)도 일구면서 평민 아낙네와 사내가 되어 평생 오순도
순 살아가야지. 아들딸도 많이 낳고 아주 다복하게…….

가진의 두 눈에 눈물이 고였다. 가진은 눈을 깜박여 눈물을
거두었다. 느닷없이 피식 웃음이 나왔다. 헛된 상상이었다. 자
신은 결코 아버지와 낭도들을 저버리지 못할 터였다. 화랑이
되면서부터 머리에 새기고 마음에 새기고 뼈에 새긴 화랑정신
이 그렇게 하도록 내버려 두지 않을 터였다. 가진은 길게 한숨
을 내쉬었다.

'아버지와 나, 그리고 내 낭도들에게 남는 것은 결국 반역
죄인이란 오명뿐인 것일까?'

반역 죄인은 구족을 멸한다고 한다. 반역을 주도한 상대등
어른과 설화의 오라버니들과 형부, 여러 대신들, 그리고 아버

지와 가진은 모두 처형될 것이다. 어머니와 설화는 아마도 춘추공 측 진골 대신들의 노비가 되어 죽는 것만 못한 삶을 살아야 할 터였다.

가진은 고개를 저었다. 그 일만큼은 막아야 했다. 어머니와 설화만큼은 구해 내고 싶었다. 가장 좋은 일은 거사가 성공하는 것이었다. 허나 여왕이 승만 공주를 선택한 순간부터 이미 대세가 춘추공에게로 기울었음을 가진은 잘 알고 있었다. 어쨌거나 이제는 있는 힘을 다해 싸우는 일만 남았다.

'그러다 만약 거사의 실패가 확실해지면 그 땐 무슨 수를 써서라도 어머니와 설화만은 구해 낼 것이다. 반드시……'

그런 연후에 거사가 실패하면 의연하게 죽음을 맞으리라고 가진은 마음을 다잡았다. 비록 반역 죄인의 오명을 쓰고 죽는다 해도, 그건 결코 헛된 죽음은 아닐 거라고 믿고 싶었다.

아마 머지않아 신라는 살아남기 위해 당나라 연호를 쓰고 당의 관복을 입으면서 당과 군사동맹을 맺을지도 모른다. 허나 신라는 살아남기 위해 하루아침에 선뜻 자존심을 접은 것은 아니었다. 살아남으려는 사람들 반대편에는 내 힘으로 내 나라를 지키려고 오랜 세월 동안 무던히 애쓰고 고뇌하고 마침내 피까지 흘린 사람들이 있었다.

그 희생과 피가 결코 헛된 것일 수는 없었다. 그 정신 또한 죽지 않고 뒷사람에게 끊임없이 이어질 터였다. 그 희생과 피와 정신이 있기에, 훗날 춘추공이 천하를 얻어 공의 뜻대로 당나라 군사를 이 땅으로 불러들인다 해도, 신라는 결코 당의 속국이 되지는 않을 터였다.

승패를 떠나 거사에 대한 신념이 가진의 찢긴 마음을 차분하게 어루만져 주었다. 이제는 내일 거사를 위해 잠을 청할 수 있을 것 같았다.

그런데 왜 자꾸 눈물이 흐르는 것일까? 신념에 따라, 화랑정신에 따라, 의롭게 한목숨 바치려는 것인데 왜 자꾸 눈물이 흐르는 것인지 정말 알 수 없었다.

가진은 눈물을 거두려 애쓰지 않고 흐르는 대로 놓아두었다. 눈물은 하염없이, 하염없이 흘러내렸다.

7.

지귀는 간밤에 가진을 찾아가 자신의 배신을 고백했다. 거사 장소에 나가지 않으면 그 때 비로소 가진이 자신의 배신을 알게 될 것이 두려웠고, 또한 자신을 그처럼 믿어 준 가진을 배신했다는 사실이 내내 견딜 수 없이 괴로웠다.

가진에게 고백하고 나면 괴로움을 티끌만큼이나마 덜 수 있을 줄 알았는데, 아니었다. 오히려 가진을 더 고통스럽게 만든 것 같아 지귀는 자신을 용서할 수가 없었다. 눈앞에서 사라지라고 했던 가진의 외침이 계속 귓가를 맴돌았다.

'가진랑의 낭도가 되지 말았어야 했는데, 아니 거사를 알았을 때 법민랑에게 말하지 말았어야 했는데, 그냥 가진랑의 낭도답게 함께 거사에 참여하는 건데…… 아 나는 왜 이리 못났을까? 왜 이리……?'

후회하고 또 자책하면서 지귀는 밤새 살을 에는 찬바람과 어둠 속을 휘청휘청 돌아다녔다. 어디를 어떻게 다니는지도 알지 못했다. 머릿속은 뒤죽박죽이었고, 마음엔 슬픔이 가득했다.

날이 밝을 무렵, 지귀는 완전히 지쳐 어느 대갓집 담장에 쭈그리고 앉았다. 두 팔로 감싸 안은 무릎에 얼굴을 묻었다. 이대로 그냥 땅속으로 가라앉았으면 싶었다.

"지귀야, 지귀야……."

홀연 어디선가 어머니의 목소리가 들렸다. 지귀는 고개를 번쩍 들었다. 느닷없이 어머니의 목소리가 들린 것은 정신 차리라는 뜻일 터였다.

'그래, 이러고 있을 게 아니라 방법을 찾아야 해. 가진랑을 도울 방법을. 그게 사람의 도리지. 낭도의 도리이기도 하고……'

가진은 지귀가 이제는 자신의 낭도가 아니라고 선언했지만,

지귀는 여전히 가진의 낭도이고 싶었다. 지귀는 양미간을 잔뜩 찌푸리며 생각에 골몰했다.

갑자기 여왕의 모습이 떠올랐다. 그와 함께 눈앞의 세상이 무지개처럼 찬란한 빛으로 물들었다. 지귀는 꼭 막혔던 숨통이 툭 트이는 듯한 기분이 들었다.

여왕에게 이번 거사에 대해 알리고 싶었다. 여왕에 대한 반역이 아니고, 다만 신라를 위해 후계자 문제를 바로잡을 뿐이라고 했던 가진의 진심을 그대로 여왕에게 전하고 싶었다. 언젠가 가진이 들려주었던 이야기들, 당나라에 갔을 때 느꼈던 신라에 대한 가진의 절절한 마음도 그대로 말씀드리고 싶었다. 아니 여왕께서는 가진의 그 마음을 이미 알고 계실 터였다. 당나라를 둘러보고 느낀 점을 글로 써서 보여드렸을 때 여왕이 기뻐하면서 글을 읽으셨다고 가진이 이야기해 주지 않았던가.

분명 여왕은 이번 거사의 참뜻을 이해해 줄 것 같았다. 지귀도 광덕에게 들어 여왕의 심중을 대강은 알고 있었다.

"폐하께서도 말이다. 내 나라는 내 힘으로 지키는 것이 마땅하다고 생각하고 계시는 것 같다. 그러니까 당나라에 군사를 청하는 사신을 보내자는 춘추공의 주청을 선뜻 받아들이시지 않는 게지. 지귀, 네 생각은 어떠냐?"

"누군들 내 나라를 내 힘으로 지키고 싶지 않겠어요? 남의 나라 힘 같은 건 될 수 있으면 안 빌리는 게 낫죠."

"지귀 네놈이 제법 식견이 있구나. 그게 말이다. 우리가 백제나 고구려한테 성을 빼앗기면 우리 힘으로 되찾을 수는 있잖냐. 근데 당나라의 힘을 빌렸다가 이놈들이 딴 맘 먹고 우리까지 삼키려고 해 봐라. 그 땐 정말 쉽지 않거든. 원래 아흔아홉을 가진 놈이 하나 가진 놈 꺼 빼앗아서 백을 채우려 하는 법이거든. 그리고 한 번 삼킨 건 웬만해서는 안 토해 놓지."

광덕과 나누었던 대화를 떠올리다가 지귀는 벌떡 일어났다. 이 일대는 으리으리한 기와집이 즐비하게 늘어선 진골 저택가였다. 법민의 집이 여기서 멀지 않았다. 지귀는 발걸음을 재촉하여 법민의 집으로 달려갔다.

"급한 일입니다. 법민랑을 불러 주세요."

대문을 열어 준 하인이 지귀를 알아보고는 얼른 법민을 불러 주었다.

"이 아침에 웬일인가? 무슨 일이라도 있나?"

법민이 놀란 얼굴로 물었다. 지귀는 고개를 저었다.

"일이 있는 건 아닙니다. 다만 폐하를 꼭 뵐 일이 있어서요. 폐하께서 오늘 영묘사에 납시지요? 제가 영묘사 목탑에서 폐하를 기다리겠습니다. 제사를 마치시고 환궁하실 때 잠시만 뵙게 해 주십시오. 지난번에 폐하를 뵙게 해 주겠다고 약속하셨지요? 오늘 폐하를 뵈어야 합니다. 폐하께 꼭 드릴 말씀이 있습니다."

지귀의 절박한 심정이 법민에게 통한 듯 법민이 선선히 고개를 끄덕였다.

"내 곧 폐하께 문안드리러 입궐할 걸세. 폐하께 말씀드릴 테니, 영묘사 목탑에서 기다리게."

법민이 왜 여왕을 뵈려 하느냐고 캐묻지 않아, 지귀는 속으로 안도했다. 지귀가 고맙다고 인사하고 가려 하자 법민이 지귀를 불러 세웠다.

"몹시 추워 보이는군. 잠깐 들어와서 몸 좀 녹이고 요기나 하고 가게."

"아, 아닙니다."

"그렇게 해. 그 동안 난 신표를 쓰겠네. 오늘은 다른 때보다 경계가 삼엄해서 영묘사 안으로 들어가기가 쉽지 않을 거야. 호위대장에게 신표를 보이면 안으로 들여보내 줄 걸세."

법민이 하인을 불렀다. 지귀는 하인을 따라 작은 방으로 들어갔다. 따뜻한 방 안에 들어서자 지귀는 비로소 제 몸이 밤새 꽁꽁 얼었음을 알아차렸다. 하인이 음식상을 갖다 주었다. 음식을 먹고 따뜻한 방에서 쉬자, 얼었던 몸이 노곤하게 풀렸다. 얼마 뒤에 하인이 법민이 쓴 신표를 갖다 주었다. 이제 모든 일이 잘될 것 같아 지귀는 기분이 한결 밝아졌다.

해가 높이 떠올랐다. 바람은 여전히 쌀쌀했지만 햇살은 제법 따사로웠다. 지귀는 법민의 집을 나와 영묘사로 갔다.

법민의 말대로 영묘사는 절 어귀부터 병사들이 쫙 깔려 있었다. 비담의 거사를 김유신 장군이 미리 알고 있기에 여왕에 대한 호위도 한층 강화했을 터였다.

"곧 폐하께서 제사를 드리러 납신다. 일반 백성은 폐하께서 환궁하신 다음에 들어갈 수 있다."

다가오는 지귀를 막으며 병사가 말했다. 지귀는 자신이 법민랑의 낭도나 다름없고 여기서 폐하를 뵙기로 했다고 말하면서 법민이 써 준 신표를 보여 주었다. 호위대장이 나오고 주지 스님까지 나왔다. 지귀는 한 달에 한 번씩 요사채에서 법민을 만나곤 했기 때문에 주지 스님과 다른 스님들 대부분이 지귀를 알고 있었다. 확인을 까다롭게 받은 다음에야, 지귀는 겨우 영묘사 안으로 들어갈 수 있었다.

지귀는 목탑이 있는 금당 마당으로 갔다. 금당 마당은 스님들도 얼씬하지 않아 적막하기만 했다. 모두 여왕을 맞을 준비를 하느라 바쁜 모양이었다. 지귀는 홀로 탑 앞에 서서 두 손을 모으고 마음을 가다듬은 다음 탑을 돌았다.

'부디 이번 거사의 참뜻을 폐하께서 이해하시고, 상대등 어

른에게 춘추공과 화합하여 함께 나랏일을 해 나가라 명하시게
하여 주십시오.'

여왕이 명하기만 하면 상대등은 거사를 그만둘지도 모른다.
여왕이 이번 거사의 허물을 묻지 않고, 후계자 문제를 다시 생
각해 보겠다고 한다면 모든 것이 예전으로 되돌아갈 수 있을
것만 같았다.

지귀는 여왕이 납시면 해야 할 말들을 생각하면서 탑을 돌
고 또 돌았다. 한참을 돌고 나자 고단함이 밀려 왔다. 추위에
떨면서 밤을 꼬박 샜다. 이제 여왕을 뵙기만 하면 모든 일이 잘
될 터이니, 잠시 쉬어도 될 것 같았다.

지귀는 목탑 아래 주저앉았다. 갑자기 몸이 땅속으로 가라
앉는 듯하면서 눈꺼풀이 절로 내려앉았다. 잠깐만, 잠깐만 쉬
는 거야……. 그리고 다시 탑을 돌아야지. 그런 생각을 하다 지
귀는 어느 순간 까무러치듯 잠 속으로 빠져들었다.

8.

영묘사 안쪽 신전에서 여왕은 제사를 드렸다. 이 제사가 조
상들께 바치는 마지막 제사가 될 터였다. 이승에서의 시간이
얼마 남지 않았다는 것을 여왕은 직감으로 알고 있었다.

제사를 마치고 여왕이 막 신전에서 나왔을 때 호위대장이

급히 다가와 아뢰었다.

"폐하, 궁궐에서 전갈이 왔사옵니다. 반란이 일어났다 하옵니다. 상대등 비담의 무리가 군사를 이끌고 궁궐로 쳐들어왔사온데, 다행히 대장군께서 역도들을 막았다 하옵니다."

비담이 후계자 문제에 순순히 승복하지 않으리란 것은 이미 짐작한 일이었다. 김유신 장군에게서 비담의 역모에 대해서도 미리 보고를 받긴 했지만, 그래도 행여나 기대했던 여왕이었다. 하지만 그 기대도 헛되이, 사태는 최악으로 치달아 버렸다.

'가진아, 이제 너를 어쩌면 좋단 말이냐, 너를……'

가슴에 심한 통증이 왔다. 여왕은 호위대장이 눈치채지 못하게, 있는 힘을 다해 통증을 참았다. 호위대장이 계속 말했다.

"지금 역도들은 명활산성을 점령하고 대장군과 대치하고 있사옵니다. 속히 환궁하시옵소서."

명활산성은 왕경 서라벌을 방어하는 외성으로 궁궐인 월성과는 불과 십리밖에 떨어져 있지 않았다. 명활산성을 점령할 정도라면 비담의 군세는 예상보다 훨씬 막강한 것 같았다.

"알았으니 잠시만 기다려라. 금당에 들렀다 올 것이니……"

지귀가 폐하를 꼭 뵙고 싶어한다고 아까 문안 차 궁궐에 들어온 법민이 말했다. 이번 일에 제몫을 단단히 해낸 지귀였다. 지귀 덕분에 김유신 장군은 평소보다 몇 배의 군사를 궁궐에

배치하여 비담의 군사를 막을 수 있었다.

여왕은 금당으로 행차했다. 주지승과 시녀들과 병사들이 여왕을 뒤따랐다. 여왕이 금당 마당으로 들어섰을 때 탑에 기댄 채 자고 있는 지귀의 모습이 보였다. 여왕은 지귀에게 다가갔다. 지귀는 여전히 깊은 잠에 빠져 있었다.

"깨울까요?"

주지승이 물었다. 여왕은 고개를 젓고는 잠든 지귀를 측은한 눈빛으로 내려다보았다. 법민은 지귀가 꼭 하고 싶은 말이 있는 모양이라고 했다. 지귀가 하려는 말이 무엇인지 여왕은 충분히 헤아릴 수 있었다.

지귀는 분명 괴로웠을 터였다. 김유신 장군의 뜻에 따라 가진의 낭도가 되고 나서 지귀는 진심으로 가진에게 감화를 받았으리라. 가진은 그런 아이였다. 신라를 내 힘으로 지켜야 한다는 가진의 주장에 지귀도 틀림없이 동조했을 것이다.

'지귀야, 그건 어쩔 수 없는 일이었다. 너도 가진도 짐 또한 어쩔 수 없는 일이었으니, 너무 괴로워하지 말아라.'

지귀가 가엾고, 반역 죄인으로 처형당하게 될 가진을 생각하면 한없이 마음아팠다. 절반은 나라를 위한 충정으로, 절반은 권력에 대한 집착으로 난을 일으켰을 상대등 비담과, 염종 및 여러 대신들도 딱했다. 반역을 했어도 그들은 분명 여왕의 신하이고 백성이었다.

또다시 가슴에 따끔한 통증이 왔다. 요즘 들어 자주 심한 통증이 왔다. 여왕이 얼굴을 찡그리자 시녀가 걱정스레 물었다.

"폐하, 옥체 미령하시옵니까?"

"별일 아니다. 그만 환궁해야겠다."

여왕은 손목에 차고 있던 금팔찌를 빼내 지귀의 가슴 앞에 가만히 내려놓았다. 네 마음을, 네 뜻을 다 안다는 뜻이었다.

'혹시라도 네가 가진이 처형되기 전에 그 아이를 만날 수 있거든, 이 팔찌를 보여 주어라. 그럼 내가 그 아이의 진심을 이해했다는 것을 그 아이도 알 것이니……'

여왕은 마음으로 지귀에게 말했다. 지귀가 잠에서 깨어나 팔찌의 참뜻을 제대로 알아차릴지 의심스러웠지만 이렇게라도 하지 않으면 견딜 수 없을 것 같았다.

여왕은 멈출 줄 모르는 가슴의 통증을 힘겹게 견디면서 발길을 돌려 목탑을 떠났다. 지귀는 목탑에 기댄 채 깊이 잠들어 있었다.

꿈으로 남으려네

선덕 여왕 말년, 진덕 여왕 원년 서기 647년

1.

새해가 밝았다. 영묘사에 다녀온 이후, 건강이 급속히 나빠진 여왕은 자리에 누운 채 새해를 맞았다. 하루에도 몇 번씩 어의가 와서 여왕의 병세를 살폈다.

"이번 반란으로 폐하께서 큰 충격을 받으신 듯하옵니다. 아무래도……."

대신들이 여왕의 병세를 걱정하자 어의는 그렇게 말꼬리를 흐렸다.

여왕은 나랏일들을 모두 승만에게 맡겼다. 승만은 내전에 자주 들러 여왕의 건강을 살폈고, 저녁이면 그 날 하루의 일을 보고하곤 했다.

다만 반란에 관한 보고만은 직접 들었다. 궁궐에 진을 치고 명활산성의 군사들과 공방전을 벌이고 있는 김유신은 하루에 한 번씩은 꼭 여왕에게 반란에 대한 보고를 했다.

"비담의 무리들은 그 식구들까지 모두 명활산성으로 들어가 죽을 각오로 싸우고 있는지라 좀처럼 승패가 결정 나지 않사옵니다. 허나 역모의 무리가 오래 가지는 못할 것이오니 너무 심려하지 마시옵소서."

김유신은 또 비담이 민심을 얻으려고 퍼뜨린 대의명분에 대해서도 보고했다.

"비담 측에서는 춘추공의 외교 정책은 장차 신라에 불행을 가져올 뿐이며, 승만 공주는 분명 공의 잘못된 외교 정책을 지지할 터여서, 그 일을 바로잡기 위해 거사를 일으켰다고 소문을 퍼뜨리고 있사옵니다."

"거기에 동조하는 백성들도 제법 많을 테지……"

백성들 대부분이 연호와 관복을 당나라 식으로 바꾸는 일에 찬성하지 않는다는 것을 여왕은 알고 있었다. 김유신이 머리를 조아리며 말을 이었다.

"그러하옵니다, 폐하. 하여 신이 다른 소문을 퍼뜨렸습니다. '비담의 무리는 폐하께서 나라를 잘 다스리지 못한다는 구실로 난을 일으켰다, 그것은 폐하를 폐하고 권력을 잡으려는 역모일 뿐이다' 라고 맞불을 놓았사옵니다. 이제 곧 민심이 우리 편으로 돌아설 것이옵니다."

김유신의 예측은 그대로 맞아들었다. 비담의 명분에 솔깃해
하던 백성들도 비담이 감히 임금을 모욕하고 반란을 일으켰다
면서 분노했다. 백성들은 김유신 대장군이 하루 빨리 반역의
무리들을 평정하기를 간절히 바랐다.

반란이 일어난 지 열흘째 되는 날 밤이었다. 깊은 밤, 잠을
이루지 못하던 여왕은 바깥 분위기가 심상치 않은 것을 알아차
리고 시녀를 시켜 연유를 알아오게 했다. 얼마 뒤 시녀가 돌아
와 아뢰었다.

"큰 별이 궁궐 쪽으로 떨어졌다 하옵니다. 별이 떨어진 곳에
서는 변고가 생기는 법이니, 이는 김유신 장군님이 패할 징조
라는 말들이 퍼져 역모 무리들의 사기가 한껏 올라 있다 하옵
니다. 명활산성에서 지른 함성이 월성까지 들려, 우리 군사들
이 술렁이고 있다 하옵니다."

여왕의 안색을 살피며 시녀가 조심스럽게 물었다.

"대장군님을 드시라고 할까요?"

"그럴 것 없다. 내일 아침에 보고를 받을 것이니라."

"허면 이제 그만 침수에 드시옵소서. 안색이 몹시 창백하옵
니다."

시녀가 나가자 여왕은 도로 자리에 누웠다. 당장에라도 땅

속 깊이 가라앉을 듯이 몸이 무거운데, 잠이 통 오지 않았다.

'큰 별이 떨어졌다고……? 큰 별이…….'

여왕은 홀연 자신의 삶이 이제 얼마 남지 않았음을 알아차렸다.

'지난 한평생 잘 살아온 걸까? 도리천에 다시 태어날 수 있을까?'

사람이 갈 수 있는 최고의 하늘이라는 도리천. 그 곳에서 태어난다면 걸어서 여러 하늘을 거쳐 마침내 부처님 나라에 이른다고 한다. 그 곳 도리천에 가는 것과 신라를 강한 나라로 만드는 것. 여왕이 평생 꾸었던 두 가지 꿈이었다. 하지만 뒤늦게 찾아온 사랑이라는 강렬한 감정 앞에서 이제는 그 꿈조차도 희미해져 버렸다.

다시금 가슴에 격한 통증이 찾아왔다. 여왕은 밤새 깊이 잠들지 못하고 뒤척이고 또 뒤척이면서 통증과 싸웠다.

다음 날 오전에 김유신이 내전에 들었다. 여왕은 해쓱한 얼굴로 간신히 자리에 앉아 있었다. 여왕의 두 눈은 퀭했지만 눈빛은 여전히 깊고 맑았다. 낯빛도 평온했다.

"간밤에 궁궐에 별이 떨어졌다던데……?"

여왕이 떠보듯이 김유신에게 물었다.

"폐하, 그 일은 아무 심려 마시옵소서. 반역의 무리들은 이

른바 난신적자입니다. 그 요망한 무리에게 어찌 길함이 있겠나이까? 간밤에 별이 떨어진 직후에 신이 허수아비를 만들어 불을 붙인 다음, 연에 실어서 날려 보냈사옵니다. 땅에서 바라보니, 그 모양이 흡사 별이 하늘로 올라가는 듯하였나이다. 그리고 오늘 아침, 병사들을 거리로 내보내 지난밤 떨어졌던 별이 도로 하늘로 올라갔다고 소문을 내게 하였사옵니다. 명활산성에서도 간밤에 신이 올려 보낸 불길을 보았을 터이고 소문 또한 빠르게 전해질 터이니, 저들의 사기 또한 오래 가지 못할 것이옵니다."

"비담이 이미 전략에서 장군에게 졌구려."

여왕이 엷게 웃으며 치하했다. 김유신이 나간 뒤 어의가 들어 여왕의 병세를 살폈다. 어의의 표정에 수심이 가득했다.

오후에는 조정 대신들이 문안을 왔고, 법민도 왔다. 아버지가 왜국으로 떠난 뒤 법민은 아버지를 대신해 하루에 한 번씩은 꼭 입궐하여 여왕에게 문안을 드리곤 했다. 여왕은 다른 날보다 더 반가워하며 법민과 도란도란 이야기를 나누었다.

"폐하, 아버지께서 돌아오실 때까지는 꼭 쾌차하셔야 하옵니다."

법민이 돌아가려고 일어나 인사하자, 여왕이 조용히 물었다.

"법민아, 그 아이 다시 만나 보았느냐? 지귀 말이다."

"아직 만나지 못했습니다. 저도 궁금하여 활리역에 사람을 보내 알아보았는데, 잘 지내고 있다 하옵니다. 외숙께서 반란을 진압하신 다음에 만나볼 생각이옵니다."

"이번에 그 아이가 큰일을 했다. 나중에 만나거든 잘 챙겨주어라. 내 사람은 내가 챙겨야지."

"그리하겠습니다, 폐하."

법민이 돌아간 뒤 여왕은 이제 더는 문안을 받지 않겠다고 이르고 자리에 누워 쉬었다.

저녁 때 승만이 내전에 들었을 때 여왕은 다른 때보다 화색이 도는 얼굴로 침상에 앉아 있었다. 승만이 보고했다.

"대장군이 흰 말을 잡아 간밤에 별이 떨어진 곳에서 제사를 올리고 축문을 지어 축원하였사옵니다. 난신적자를 벌하고 의로운 군사에게 힘을 보태 달라는 대장군의 기원에 여러 장군들과 병사들이 감읍하여, 우리 군사들의 사기가 하늘을 찌를 듯하였사옵니다. 이제 곧 대장군이 반역의 무리를 평정할 것이오니, 폐하께서는 심려 놓으소서."

"다행이구나, 고마운 일이로다."

여왕이 다행이라고 한 말에는 남다른 뜻이 있었다. 여왕은 반란을 진압하고 그 뒷마무리를 하는 일이 다음 임금인 승만의 몫임을 짐작하고 있었다. 한때 믿었던 대신들을 처형하라는 어명을, 특히 가진 그 아이까지 처형하라는 교서를 손수 내리지 않아도 되는 것이 다행스럽고 고마웠다. 그리고 그 남다른 뜻을 승만이 전혀 알아차리지 못하는 것 또한 다행이었다.

"이제 폐하께서는 쾌차하시기만 하면 되옵니다. 오늘따라 폐하의 얼굴에서 빛이 나는 걸 보니 머지않아 쾌차하실 듯하옵니다."

"승만아, 내가 죽거든 도리천에 묻어다오."

여왕이 조용히 말했다. 승만의 낯빛이 흐려졌다.

"이제 곧 쾌차하실 터인데 어찌 그런 말씀을……."

"사람은 누구나 언젠가는 죽지 않느냐. 그래서 미리 말해 두는 게지."

"도리천은 살아 생전에 마음을 잘 닦은 사람이 다시 태어난다는 하늘이 아니옵니까? 어찌하면 폐하를 도리천에 모실 수 있는 건지요?"

"묻히는 곳이 곧 다시 태어나는 곳이고, 하늘과 땅이 둘이 아닌 것을……. 우리 신라 땅에 내가 묻히고 싶은 도리천이 있느니라."

"그 곳이 어디이옵니까, 폐하?"

"서라벌 낭산 봉우리가 내가 묻힐 도리천이니라."

"말씀, 마음에 새겨 두겠나이다, 폐하."

승만이 돌아간 뒤, 여왕은 다시 자리에 누웠다. 그리고 꼭 한 사람만 빼고 더는 아무도 만나지 않겠다고 거듭 시녀에게 말했다. 여왕은 불쑥불쑥 찾아오는 가슴의 통증과 싸우면서 그 사람을 기다렸다.

2.

저녁 무렵 기다리던 그 사람이 마침내 왔다.

"폐하, 급벌찬 들었사옵니다."

급벌찬은 관등 9위의 벼슬로, 여왕이 여태 기다린 사람은 급벌찬 박후석이었다. 자리에 누워 있던 여왕은 일어나 방 가운데 있는 탁자 앞에 가서 앉았다. 탁자 위에는 여왕이 미리 준비해 놓은 함이 있었다.

"들라 하라."

후석이 들어와 여왕에게 절을 했다. 여왕은 후석에게 맞은편에 앉으라고 했다. 후석이 공손하게 맞은편 자리에 앉았다.

후석은 김유신을 보좌하는 충실한 막료였다. 김유신은 비담의 측근에도 사람을 심어 놓았는데, 그는 지금 비담과 함께 명활산성에 들어가 있으면서 산성의 동태를 은밀히 김유신에게 알려 주고 있었다. 그리고 후석은 명활산성에 있는 그 사람을 남몰래 만나 정보를 받아오는 임무를 맡고 있었다.

여왕은 명활산성에 대한 보고는 김유신에게 다 듣고 있지만, 김유신도 모르게 후석에게 따로 보고를 듣는 것이 있었다. 바로 가진에 대한 일이었다.

여왕은 후석에게 가진에 대한 일은 뭐든 자세히 알아내어 보고하라 일렀다. 후석의 첫 번째 보고는 난이 일어난 첫째 날 저녁에 가진이 산성에서 설화와 혼례식을 올렸다는 사실이었다.

"아마도 비담과 염종, 두 사람의 결속을 다지고 병사들의 사기를 북돋우려고 혼례식을 치른 듯하옵니다. 비담은 이번 싸움에서 승리한 후에 다시 한 번 큰 혼례 잔치를 열겠다고 했고, 병사들은 벌써 승리라도 한 듯이 흥겨워하며 잔치를 즐겼다고 하옵니다."

여왕은 가진이 왜 서둘러 설화와 산성에서 혼례식을 올렸는지 알 것 같았다. 가진은 죽음을 앞두고 설화와 영원히 맺어지기를 바랐던 것이리라. 여왕은 가진의 그 마음이 애틋하고 안쓰러우면서도 한편으로는 서운하기도 했다.

"가진랑은 잘 지내고 있다 하옵니다. 전투가 있을 때는 앞장서서 용맹하게 싸우고, 그렇지 않을 때는 설화와 함께 자신의 낭도들을 격려하고 부상당한 병사들을 돌봐 준다 하옵니다. 가진랑은 이번 싸움의 승리를 확신하는 듯, 의연하고 밝은 표정이라 하옵니다."

후석은 그런 보고도 했다. 하지만 여왕은 알고 있었다.

'그런 게 아니다. 그 아이는 자신의 명운을 이미 알고 있구나. 그래서 그렇게 짧은 삶의 마지막 불꽃을 활활 태우려는 게지……'

여왕은 마음으로 울면서 그렇게 생각했다.

후석을 바라보며 잠시 회한에 잠겼던 여왕은 이윽고 말을 꺼냈다.

"내 이제 그대에게 마지막 명을 내리려 한다."

"어찌 마지막이란 말씀을, 폐하……."

"약조해 주겠느냐? 내 명을 반드시 시행하겠다고?"

"어명만 내리시옵소서. 소신, 목숨 걸고 거행하겠사옵니다."

여왕은 잠시 아련한 눈빛으로 허공을 쳐다보다가 다시 후석을 바라보며 물었다.

"설화와 염종의 부인, 그러니까 가진랑의 어머니를 그대도 알고 있을 테지?"

"예, 난이 일어나기 전에 공적인 자리에서 몇 번 본 적이 있사옵니다."

"승패는 이제 결정이 났다. 머지않아 명활산성이 무너지고 비담의 무리는 모두 잡혀 처형될 것이다. 산성이 무너지면 그대도 필시 대장군과 함께 산성으로 들어갈 테지. 그 때 설화와 가진랑의 어머니를 구해 멀리 피신시켜라. 가진랑은 낭도들과 끝까지 명운을 함께할 것이고, 그 두 사람만이라도 살리고 싶구나."

여왕은 잠시 말을 끊고는 탁자 위에 놓아둔 함을 열었다. 그 함 속에는 주머니 두 개와 봉한 서찰 한 통이 들어 있었다. 여왕은 큰 주머니를 들었다.

"이 주머니에 든 패물을 설화에게 주어라. 어디서든 숨어 살아가려면 재물이 많이 필요할 거다. 그리고 작은 주머니에 들어 있는 패물은 그대에게 내리는 상이니라."

"폐하, 소신은······."

"사양치 말라. 짐의 마음이다."

후석이 머리를 조아렸다. 여왕이 서찰을 들며 말했다.

"그리고 이 서찰을 설화에게 전해 주어라. 혹시라도, 혹시라도 설화가 가진랑의 아이를 가졌다면, 그래서 나중에 아이를 낳는다면, 그리고 그 아이가 사내아이라면 말이다. 그 아이가 스무 살이 되면 이 서찰을 들고, 서라벌로 돌아오게 하라고 일러라. 그 때의 임금이 누구든 간에 그 임금에게 이 서찰을 보이면 그 아이를 등용하여 쓸 것이니라."

여왕은 서찰을 도로 함 속에 넣고 뚜껑을 닫았다. 그런 다음 함을 후석 앞으로 밀었다.

"그대를 믿는다."

"한치의 어긋남도 없이 어명을 거행하겠사옵니다."

후석이 돌아간 뒤에 어의가 들었다. 어의가 여왕을 진맥하고 돌아간 다음, 시녀가 탕약을 올렸다. 그러나 여왕은 탕약을 들지 않고 그냥 자리에 누웠다.

또다시 격렬한 통증이 찾아왔다. 여왕은 통증을 그대로 견디다가 어느 순간 설핏 잠이 들었다. 그러다 잠에서 깨었을 때는 깊은 밤이었다.

깊은 밤이 주는 아늑함 때문일까? 묘하게 몸도 편안하고 마음도 홀가분했다. 이제는 편히 잠을 잘 수 있을 것 같았다. 가슴의 통증 때문에 더는 잠을 깨지 않아도 될 것 같았다.

문득 봄이 멀지 않았다는 생각이 들었다. 봄이 오면 궁궐 정원에 갖가지 아름다운 꽃들이 피어나고 꽃 향기 따라 나비들이 훨훨 날아다닐 터였다.

여왕의 눈앞에 꽃과 나비로 수놓인 궁궐 정원이 펼쳐졌다. 그 정원에서 뛰어놀았던 어린 시절이 생각났다.

홀연 내전에 화사한 봄빛이 가득 차더니 여왕은 어느새 궁궐 뜰에 와 있었다. 여왕은 어린 시절로 돌아가 열 살 덕만 공주가 되어 그 뜰에 서 있었다.

꽃 향기 가득한 궁궐 뜰에 나비들이 팔랑팔랑 날아다녔다.

어린 공주는 나비를 잡고 싶어 손을 뻗으며 달려갔지만 나비는 잡히지 않았다. 공주는 아쉬운 듯 뜰에 우두커니 서서 나비를 바라보았다.

"공주마마, 제가 나비를 잡아 드릴까요?"

돌아보니 열 살 의젓한 소년이 서 있었다. 영묘사 낙성식 날 처음 눈여겨보았던 바로 그 아이, 가진이었다.

어린 공주의 가슴이 콩닥콩닥 뛰었다. 공주는 두 뺨을 발그레 물들이며 고개를 끄덕였다.

"정말 그래 줄 테야?"

그 아이, 가진이 웃으며 손을 내밀었다. 공주는 조심스레 가진의 손을 잡았다.

"이제 나비를 잡으러 갑니다, 공주마마."

가진이 나비를 향해 손을 뻗으며 하늘로 훌쩍 날아올랐다. 공주는 가진의 손을 꼭 잡고 함께 날아올랐다. 나비들이 날아다니는 하늘은 넓고 푸르렀다.

그 밤에 여왕이 승하했다. 무신년 정월 8일 밤의 일이었다.

3.

여왕이 세상을 떠나자 승만이 새 임금이 되었다. 새 임금은 여왕을 유언대로 낭산 봉우리에 장사지내고, 선덕이라는 시호

178

를 지어 올렸다.

새 여왕이 즉위한 지 이레 만에 비담의 난이 평정되었다. 명활산성은 무너졌고, 많은 사람들이 죽거나 붙잡혔다. 정월 17일에는 비담과 염종 등 반역의 주모자 서른 명을 저잣거리에서 처형했다.

주모자의 일족들은 거의 함께 붙잡혀 처형되거나 노비가 되었는데, 다만 염종의 부인과 상대등의 막내딸만은 어디에서도 그 행방을 찾을 수가 없었다. 아마도 공방전 때 죽었을지도 모른다고 했지만, 백성들은 두 사람이 어딘가에 살아 있기를 바랐다. 비록 반역의 무리는 괘씸했지만, 구족을 멸하는 건 너무 심하다고 백성들은 생각하고 있었다.

반역 죄인들의 피가 저잣거리를 붉게 물들인 그 날 밤에도 달은 무심히 하늘 높이 떠올랐다. 보름이 지나긴 했지만 달은 여전히 둥글었고, 달빛은 교교했다.

깊은 밤, 달빛이 일렁이는 영묘사 금당 마당에 검은 그림자가 슬그머니 들어섰다. 그림자는 목탑으로 다가가 우뚝 섰다. 그림자는 손에 들고 온 무언가를 땅바닥에 내려놓았다. 그러고는 후유, 긴 한숨을 토해 냈다. 지귀였다.

비담의 난이 일어난 그 날, 지귀는 여왕을 뵈려다 이 목탑 아래서 잠이 들고 말았다. 나중에 잠에서 깨어 난데없는 금팔찌를 보고는 여왕이 이미 다녀갔음을 알았다. 지귀는 여왕이 왜 자신을 깨우지 않고 금팔찌만 두고 갔는지, 그 뜻을 헤아리기 어려웠다. 거사를 미리 알리는 공을 세웠다고 상을 내리신 걸까? 여왕의 뜻이 무엇이든 간에, 지귀에게는 이미 모든 것이 부질없었다.

지귀는 여왕의 금팔찌를 가슴에 품고 아무 일도 없었다는 듯이 활리역의 역졸로 돌아갔다. 남들 눈에는 예전과 달라진 점이 하나도 없어 보였다. 그 때까지만 해도 지귀는 아무 생각도 하지 않으려 했다. 그저 자신만 믿고 사는 가엾은 어머니를 위해 열심히 역졸 노릇이나 하며 살리라 다짐하고 또 다짐했다.

그러다 여왕의 승하 소식을 들었다. 갑자기 세상이 빛을 잃었지만, 원래 오색찬란한 세상은 지귀의 것이 아니었다. 지귀는 여왕의 금팔찌를 품에 안고 흐느끼다가, 이제는 정말 오직 어머니만을 위해 살 것이며, 나라를 위해 큰일을 하겠다는 헛된 꿈 같은 건 꾸지도 말자고 자신을 다그쳤다.

그런데 반란이 평정되고 오늘 서른 명이 저잣거리에서 처형되었다. 차마 처형장에 가 볼 수는 없었지만, 가진도 함께 처형되었음을 지귀는 알고 있었다. 이제 지귀는 더는 자신을 속일 수가 없었다. 울부짖고 소리치고 미친 듯이 날뛰는 제 마음을 도저히 달랠 수가 없었다. 그 마음에 떠밀려 지귀는 한밤에 영묘사로 온 것이다.

지귀는 품에서 금팔찌를 꺼냈다. 달빛을 받은 금팔찌가 달빛보다 더 눈부신 황금빛을 번쩍 토했다. 감당하기 힘든 회한이 지귀의 마음을 바닥까지 훑고 지나갔다.

'아, 왜 하필 그 때 잠이 들어 버렸을까? 잠들지 않고 폐하를 뵙기만 했어도 일이 이렇게는 되지 않았을 텐데, 적어도 가진 랑을 구할 수는 있었을 텐데……. 아, 나는 왜 이렇게 되는 노릇이 하나도 없는 걸까?'

금팔찌를 뚫어져라 들여다보는 지귀의 부릅뜬 두 눈에 눈물이 고였다. 지귀는 이를 악물고 눈을 깜박여 눈물이 멈추도록 했다.

'하늘은 나한테 늘 가혹했어. 내가 아무리 간절히 빌어도, 이루어 주는 게 없었지. 그래, 이제부턴 하늘에도 탑에도 결코 아무것도 빌지 않을 거다. 내 소원은 내 힘으로 이룰 테다. 내 소원을 외면하기만 했던 이 탑도 이젠 끝이야. 나 자신을 용서할 수 없듯이 이 탑 또한 용서할 수 없어. 절대로…….'

지귀는 금팔찌를 다시 품 안에 소중하게 넣고는 탑을 뚫어져라 노려보았다. 이윽고 땅바닥에 웅크리고 앉아, 가지고 온 불쏘시개를 탑 아래쪽에 차곡차곡 쌓은 다음 부싯돌로 불을 일으켰다. 불쏘시개에서 살짝 불꽃이 일었다. 바람이 불어왔고,

불길이 날름거리며 위로 기세 좋게 솟구쳐 올랐다. 불길은 천천히 탑을 타고 올라가기 시작했다.

지귀는 탑 앞에 우두커니 서서 탑에 불이 옮아 붙는 것을 꿈꾸듯 몽롱한 눈길로 지켜 보았다. 마침내 탑에서도 불꽃이 피어올랐다. 바람이 불었다. 불길이 꿈틀거리며 탑 위쪽으로 올라가려고 용틀임을 했다. 불꽃이 확 일었다. 그 환한 불꽃 속에서 여왕의 얼굴과 가진의 얼굴과 어머니의 얼굴이 번갈아 떠오르다 사라졌다. 지귀의 눈에서 눈물이 주르르 흘러내렸다.

'어머니, 용서하세요. 나도 나를 어쩔 수가 없어요, 어쩔 수가……'

불꽃의 기세가 커졌다. 불꽃은 너울너울 춤을 추며 탑의 온몸을 휘감고 또 휘감았다. 불길 속에서 탑이 차츰차츰 무너져 내렸다.

갑자기 그리 멀지 않은 곳에서 다급한 외침이 들렸다.

"불이다, 불! 금당에서 불이 났다!"

뜨거운 줄도 모르고 타오르는 탑 앞에 넋을 놓고 서 있던 지귀는 순간 두 주먹을 불끈 쥐었다.

'어머니, 절 용서하지 마세요. 절대 용서하지 마세요!'

지귀는 숨을 훅 들이키고는 무너지는 탑을 향해 몸을 날렸다.

도리천에 전하는 말

진덕 여왕 2년, 서기 648년

1.

서리가 하얗게 내린 초겨울 어느 날, 법민은 늦은 오후에 여왕에게 문안을 드리러 궁궐로 갔다. 여왕은 법민을 반가이 맞으면서 기쁜 소식을 전해 주었다.

"대장군이 대야성의 백제군을 성 밖으로 유인하여 큰 승리를 거두었다는구나. 적은 군사로 대야성의 그 많은 백제군을 이기다니, 역시 대장군이로다."

새 여왕이 즉위한 지 2년, 그 동안 외숙 김유신 장군은 백제와 두 번 전쟁을 치러 큰 승리를 거두었다. 지난해 겨울에는 무산(전북 무주군 무풍면), 감물(경북 금릉군 개령면), 동잠(충북 충주시) 등 세 개 성을 침공한 백제군을 물리쳤고, 올 3월에는 서쪽 변경을 침입하여 요거성(경북 상주시) 등 열 개 성을 함락시킨 백제 장군 의직과 싸워 대승을 거두었다.

그 전투가 끝난 뒤 외숙은 자신의 부임지인 압량주에 한동안 머물렀다. 그리고 가을걷이가 끝났을 때, 서라벌로 올라와 여왕에게 대야성을 치겠다고 청했다. 외숙은 압량주 백성들의 기개와 정신이 살아 있어 능히 큰일을 벌일 만하니, 그들과 더불어 백제를 쳐서 6년 전 대야성 전투의 패배를 설욕하겠다고 했다.

여왕은 우리 군사의 수가 적음을 걱정하다가 외숙을 믿고, 또 이제는 대야성을 되찾아야 할 때가 되었다는 판단에서 그 청을 수락했다. 외숙은 다시 압량주로 돌아갔고, 얼마 뒤 백성들 중에서 군사를 뽑아 엄히 훈련시킨 다음 대야성으로 진군했다는 소식이 서라벌로 날아들었다. 그리고 이제 기다리던 승전 소식을 듣게 된 것이다.

"그 전투에서 대장군은 백제의 비장 여덟 명을 사로잡았고, 천 명에 가까운 백제 병사들이 죽거나 사로잡혔다는구나. 그리고 더 기쁜 소식은 말이다."

여왕이 잠시 말을 끊고 법민을 보았다. 법민은 기대감으로 눈을 빛내며 여왕을 마주 보았다.

"대장군이 백제의 장수에게 수하를 보내 교섭하였다는구나. 백제 도성 옥중에 묻혀 있는 네 누이와 자형의 유골을 사로

잡은 비장 여덟 명과 맞바꾸자고 말이다. 백제 장군이 그 사실을 의자왕에게 알렸더니, 유골을 돌려 주겠다는 회답이 왔다는 구나. 이제 곧 네가 꿈에도 못 잊던 누이의 유골이 신라로 돌아올 것이다."

이상하게도 여왕의 말이 꿈에서처럼 아득하게 들렸다. 너무 간절히 바라던 일이어서 오히려 생시 같지 않은 것일까?

"당나라에도 이 소식을 전할 수 있으면 좋으련만."

여왕의 말에 법민은 당나라에 가 있는 아버지를 떠올렸다. 아버지는 한 달 전에 아우 문왕을 데리고 다른 사신 한 명과 함께 당나라로 갔다. 아버지는 이번에 반드시 당 황제를 설득하여 군사동맹을 맺고 오겠다고 했다. 아마도 아우는 당나라에 두고 돌아올 터였다. 그래야 당 황제가 더 확실하게 아버지와 신라를 믿어 줄 테니까.

누이의 유골 소식을 들으면, 아버지는 기뻐하면서도 한편으로는 애통해하시리라. 뜨거운 무언가가 가슴 한복판에서 울컥 솟구쳤다.

"아버지께서 돌아오실 때쯤이면 누이의 유골도 돌아와 있겠지요."

법민은 얼른 마음을 추스르면서 차분하게 말했다. 여왕이 웃으며 고개를 끄덕이고는 다시 말했다.

"이번 일로 우리 병사들도 느낀 바가 많을 것이다. 신라는 나라를 위해 일하거나 싸우다 죽은 사람을 결코 잊지 않는다는 것을 병사들도 확실히 알게 되었을 테니까. 꼭 성주나 성주 부인의 유골이 아니라 이름 없는 병사의 유골이었어도, 대장군은 반드시 그 유골을 찾아왔을 것이다. 나라를 위해 고귀한 목숨을 바친 사람들을 챙기지 않는 나라는 좋은 나라가 아니거든……."

그래서 선덕 여왕은 호국 영령을 위해 영묘사를 세웠다. 또한 6년 전 대야성 전투 때 성이 함락될 때까지 싸우다 죽은 죽죽과 용석에게 각각 급찬과 대나마의 벼슬을 추증했고, 그들의 처자식들을 서라벌로 옮겨 와 살게 해 주었다. 나라가 먼저 백성을 위하고 챙겨 주어야 백성들 또한 나라를 위해 기꺼이 목숨까지 바칠 터였다.

"폐하의 말씀, 마음에 새기겠사옵니다."

여왕이 엷게 웃으며 고개를 끄덕였다. 법민이 돌아가려 하자 여왕이 당부하듯 말했다.

"머지않아 고타소의 유골도 돌아올 터이니, 이제 누이를 보내 주어라."

죽은 사람은 그만 잊으라는 뜻이었다. 누이를 잃은 슬픔이 아직까지도 마음 깊은 곳에 앙금처럼 가라앉아 있음을 여왕은 알고 있는 듯했다.

법민은 궁궐에서 나와 집으로 가는 대신 영묘사 쪽으로 길을 잡았다. 영묘사에 들러 누나의 명복을 다시 한 번 빌고 싶었다.

영묘사에 이르자 법민은 먼저 불당으로 들어가 참배하고 누나가 이제는 편안한 마음으로 극락왕생하기를 빌었다. 이윽고 참배를 마친 법민은 금당 마당으로 나왔다. 마당은 휑하니 넓었다. 아직 새 탑을 짓지 않아, 탑이 있던 자리는 빈터로 남아 있었다.

지귀가 생각났다. 지난해 정월 17일 밤에 지귀는 영묘사 탑에 불을 지르고 자신도 그 불에 타 죽었다. 그 뒤 오랫동안 지귀는 사람들의 이야깃거리가 되었다. 사람들은 비담의 반란이 나던 날 지귀가 영묘사 탑에서 선덕 여왕을 만나려 했던 일이며, 여왕이 잠든 지귀의 가슴에 금팔찌를 놓고 가 버린 일에 대해 무척이나 그 사연을 알고 싶어했다. 몇몇 사람들은 지귀와 선덕 여왕의 이야기를 그럴듯하게 만들어 내기도 했다. 지귀가 여왕을 사모해 상사병에 걸렸다느니, 지귀의 가슴에서 상사의 불길이 치솟아 탑도 태우고 지귀 자신도 타 죽은 것이라느니 별의별 이야기가 다 돌았다.

다들 무척이나 궁금했던 모양이라고 법민은 이해했지만 사실 궁금하기는 법민도 마찬가지였다. 지귀가 왜 그렇게까지 해야 했는지 법민은 도무지 이해할 수가 없었다. 다만 가진이 처형된 날 밤에 지귀가 불을 질렀다는 사실에서 나름대로 지귀의 심정을 추측해 볼 따름이었다.

어쨌거나 법민은 지귀가 그렇게 죽은 것이 안타까웠다. 법민에게 지귀는 낭도나 다름없었다. 그래서 활리역 수장을 통해 지귀의 어머니에게 위로의 곡식을 내렸다. 또한 수장에게 지귀의 어머니를 잘 돌봐 주라고 부탁했다. 다행히 지귀의 직속상관인 사지 광덕이 자주 지귀의 집에 들러 살펴본다고 했다. 지귀가 낭도가 아니었다 해도 지귀의 어머니는 나라에서 돌보는 것이 마땅했다. 승하한 선덕 여왕은 홀아비와 과부와 고아와 자식 없는 늙은이를 가장 가엾이 여겨 늘 여느 백성보다 먼저 보살피라 명하곤 했다.

텅 빈 금당 마당에 서 있자니 어렸을 때 추억이 불현듯 되살아났다. 영묘사 낙성식 날, 아버지 어머니와 고타소 누나와 함께 처음으로 이 곳 영묘사에 왔다. 그 때 가진을 보고 벗이 되고 싶다고 생각했다. 이제 누나가 이 세상에 없듯이 가진 또한 이 세상에 없다. 비담과 염종은 권력에 대한 집착에서 반역을 했을 테지만, 가진만큼은 순수하게 신라를 생각하는 마음이었을 거라고 법민은 믿고 있었다.

'가진랑, 이게 너한테 위로가 될지는 모르겠다만 내가 한 가지는 너한테 약속하마. 아버지가 당나라와 군사동맹을 맺고 돌아오시면, 우린 언젠가는 당군과 힘을 합쳐 백제를 치고 고구려도 칠 것이다. 그런 연후에 만약 당나라가 야욕을 드러낸다면 그 땐 내가 당나라에 맞서 싸울 거다. 절대 당나라가 우리 신라를 넘보도록 내버려 두지 않을 거다. 언젠가 우리 신라는 전쟁 없는 평화로운 나라가 될 거다. 그 때 백성들은 병장기들을 녹여 만든 농기구로 부지런히 농사를 지어 가을마다 풍성하게 알곡을 거둘 거고, 불 타 버린 영묘사 탑 또한 새로 세울 것이다.'

법민은 텅 빈 금당 마당에 한동안 서 있다가 옥문지로 갔다. 옥문지 연못가는 누나 고타소와의 추억이 어려 있는 곳이었다. 법민은 연못가에 섰다. 초겨울 늦은 오후의 햇살이 잔잔한 물결 위로 스산하게 내리고 있었다. 그 물결 위에 누나 고타소가 떠올랐다. 누나의 고운 눈매, 누나의 투명한 웃음소리, 누나가 조곤조곤 들려주었던 끝없는 이야기들…….

코허리가 시큰해 왔다. 법민은 잠시 눈을 감았다가 도로 떴다. 그래, 폐하의 말씀이 옳다. 이제 그만 누나를 떠나보내자. 어린 시절이 다시 돌아올 수 없듯이 누나 또한 영원히 돌아오지 못한다. 누나를 보내고 곧 당나라에서 돌아오실 아버지를 맞자. 다시는 누나처럼 적국의 침략에 죽는 사람이 없도록 내

나라를 강한 나라로 만드는 것, 그게 이제부터 내가 해야 할 일
이다.

법민은 해가 지고 어스름이 내릴 때까지 연못가에 서 있다
가 이윽고 연못을 떠났다. 초저녁 별들이 어둠이 짙어가는 연
못 위로 하나둘, 내려앉았다.

2.

해질 무렵, 여왕은 뜰에 서서 바람을 쐬고 있었다. 요 며칠
날이 많이 풀렸다고는 하나 아직 겨울이었다. 방금 뜰에 나왔
는데도 찬 기운이 어느새 온몸을 휘감았다. 약간 춥다는 생각
은 들었지만 가슴 속은 시원했다.

여왕은 동남쪽 하늘을 쳐다보았다. 궁궐 동남쪽에 선덕 여
왕의 능이 있는 낭산이 있었다.

'선덕 폐하는 도리천에서 잘 지내고 계실 테지? 그런데 왜
하필 낭산 봉우리를 도리천이라고 하셨을까?'

유언대로 선덕 여왕을 낭산 봉우리에 장사지내기는 했지만
왜 그 곳이 도리천인지, 여왕은 아직도 궁금했다. 아마 언젠가
는 밝혀질 터였다. 선덕 여왕의 혜안이 틀린 바 없었으니, 그
곳이 도리천인 이유도 언젠가는 분명 드러날 것이리라.

오늘따라 여왕은 도리천으로 가 버린 선덕 여왕이 그리웠

다. 도리천에 말을 전할 수만 있다면, 지난날 선덕 여왕이 병석에 있을 때 그랬던 것처럼 그 동안의 나랏일들을 하나하나 보고하고 싶었다. 사실 여왕은 선덕 여왕에게 보고하고 싶은 것이 많았다.

우선 김유신의 승전을 보고하고 싶었다. 김유신이 마침내 대야성을 되찾고 그 기세를 몰아 백제의 악성 등 12개 성을 함락시켰다.

'그래서 조정에서 논의하여 김유신을 상주행군대총관으로 삼고, 품계를 이찬으로 올려 주었습니다. 어때요, 잘했지요? 폐하.'

그리고 김춘추. 여왕은 가을에 당에 사신을 보냈다. 당 황제가 연호에 대해 묻자, 사신은 머지않아 신라도 당의 연호를 사용할 것이라고 대답했고, 그로부터 며칠 뒤에는 춘추가 셋째 아들 문왕을 데리고 당에 도착했다. 춘추는 당황제의 극진한 대접을 받았는데, 마치 당나라를 둘러보러 온 듯 여유롭게 지내면서 군사동맹에 관한 말을 섣불리 꺼내지 않았다.

그러자 3년 전 고구려에 패한 뒤 신라와 군사동맹의 필요성을 절실히 느끼고 있던 당 황제가 먼저 춘추에게 소원이 무엇이냐고 말을 꺼냈다. 비로소 춘추는 군사동맹을 원한다고 대답했고, 결국 두 나라는 힘을 합쳐 고구려와 백제를 치기로 군사동맹을 맺었다. 당나라는 때가 되면 신라에 군사 20만을 보내기로 약속했다.

아들 문왕을 당나라에 두고 귀국길에 오른 김춘추는 바다에서 고구려 순라병이 탄 배와 마주쳤다. 순라병들이 김춘추가 탄 배를 수색할 때, 김춘추를 수행하던 온군해가 높은 관모와 화려한 겉옷을 입고 배 위에 앉아 있었다. 고구려 순라병들은 온군해를 김춘추로 알고 죽였고, 그 틈에 김춘추는 작은 배로 갈아타고 무사히 신라로 돌아왔다.

'폐하, 하늘이 춘추를 도왔습니다. 온군해의 충성심 또한 갸륵하고요. 저는 온군해에게 대아찬의 관위를 추증했고, 그 자손들에게도 넉넉히 포상하였습니다. 그 또한 잘했지요?'

이제 이틀 뒤, 새해 정월부터 신라의 관리들이 당나라 관복을 입는다. 당나라 관복을 입은 조정 대신들과 관리들이 한동안 눈에 설겠지만 언젠가는 익숙해질 것이다. 연호는 지난해 8월 새로 정한 '태화'를 아직 쓰고 있으나, 그 또한 앞으로 한두 해 더 쓸 수 있을 뿐 언젠가는 당나라 연호로 바꾸어야 할 터였다.

아쉽고 서운하긴 했으나 여왕은 그것이 최선의 선택이라고 믿고 있었다. 물론 당나라와 군사동맹을 맺었다고 해서 당장 신라에 큰 변화가 오는 것은 아니었다. 신라는 백제를, 당은 고구려를 먼저 치고 싶어하는 까닭에, 언제 신라가 백제를 정벌할 수 있을지는 아무도 모르는 일이었다. 그 때까지 신라는 계속 백제의 침공을 받으면서 전쟁에 시달려야 할 터였다. 그러다 마침내 당군 20만과 함께 백제를 친다 해도 신라 백성들과 병사들과 조정과 왕이 한마음으로 뭉치지 않으면, 어떤 전쟁에서도 승리할 수 없을 터였다. 또한 당나라 군대의 유세며, 군사 20만에 대한 무거운 대가도 신라가 넘어야 할 높은 산일 터였다.

'약한 나라가 살아남으려면 치러야 할 것이 정말 많은 듯하옵니다. 다른 나라의 힘을 빌린다는 것은 어쩌면 얻는 것보다 참고 견뎌야 하는 것이 더 많은, 눈물겨운 일인지도 모르겠네요. 허나 저는 우리 신라 백성들을 믿습니다. 우리 착한 백성들은 나라를 사랑하는 뜨거운 마음으로 어떤 어려움도 다 이겨내고 반드시 삼한을 통일하여 이 땅에 전쟁 없는 평화로운 나라, 부처님의 나라를 우뚝 세울 것이라고 믿습니다.'

여왕은 춘추를 당나라에 보낸 일이며, 당의 관복을 입기로 결정한 일들 또한 잘한 일인지 선덕 여왕에게 묻고 싶었다. 그것이 신라를 위한 최선의 방책이라 생각했는데, 막상 결정하고 보니 갑자기 확신이 들지 않았다. 그래서 임금의 자리가 어려운 자리인지도 몰랐다.

하지만 자신의 말이 도리천에 전해진다 해도 선덕 여왕은 관세음보살 같은 웃음을 띠며 이렇게 말할 것 같았다.

'난 이미 이승 사람이 아니구나. 이승의 일은 이승 사람의 몫⋯⋯. 네 믿음대로 신라를 위한 가장 좋은 길을 선택했다면, 주저하지 말고 밀고 나가려무나.'

여왕은 마음 속으로 고개를 끄덕였다. 그래, 일단 결정했으면 머뭇거리지 말고 앞으로 나아갈 일이다. 나는 최선을 다해 내가 해야 할 일을 한 것이니⋯⋯.

문득 시녀들이 추울 거라는 생각이 들었다. 여왕을 그림자처럼 따라다녀야 하는 시녀들인지라 바깥이 추워도 춥다는 말 한 마디 못할 것이다.

"그만 들어가자. 바람이 차구나."

땅거미가 내려앉기 시작하는 내전 빈 뜰에 바람이 불어왔다. 바람은 몹시 차가웠다. 이틀만 지나면 새해, 입춘이면 봄이 시작된다고는 하지만, 정말 따뜻한 봄이 오려면 아직 추운 날을 한참은 더 보내야 한다. 그렇긴 해도 그 바람에는 아스라이 꽃씨의 향기가 스며 있었다.

아마도 봄은 저만치 남쪽 어디에선가 서라벌을 향해 성큼성큼 걸어오고 있을 터였다.

설화 뒤에 숨은 역사

선덕 여왕은 내가 젊은 시절부터 좋아한 역사 속 인물이다. 무엇보다 역사 기록에 나오는 지혜로운 모습이며, '지귀 설화'에 나오는 인간적인 모습이 마음에 들었다. 여왕이라는 고귀한 신분에도 불구하고 자신을 짝사랑한 평민 청년을 탑 아래서 만나 주기로 약속했다는 이야기에서 사랑을 이해하는 따뜻한 여왕의 숨결을 느꼈기 때문이다. 그래서 언젠가는 지귀와 선덕 여왕의 이야기를 꼭 소설로 쓰고 싶었다.

그러다 '지귀 설화'가 인도의 불교 설화와 구조가 거의 같다는 사실을 알고 난 뒤, 지귀가 실존 인물일 것이라는 확신이 강하게 들었다. 지귀가 당시 말하기 어려운 어떤 사건과 연관되어 있는 까닭에, 비유적으로 불교 설화에 빗대어 이야기가 전해진 것이 분명하다는 생각이 든 것이다. 설화로 미루어 보면 지귀는 활리역 역졸이 틀림없고, 역사적 사실인 영묘사 화재 사건 및 선덕 여왕과 어떤 식으로든 관련이 있을 것 같았다.

하지만 내가 선덕 여왕을 소설로 써 보고 싶었던 가장 큰 이유는 『삼국사기』에 나오는 두 줄의 기록 때문이었다.

16년(선덕 여왕 말년) 봄 정월에 비담과 염종 등이 여왕이 잘 다스리지 못한다 하여 반역을 꾀하고 군사를 일으켰다가 성공하지 못하였다.

여왕의 치세를 송두리째 부정하는 듯한 그 기록이 내내 마음에 걸렸다. 『삼국사기』를 편찬한 김부식은 유교적 세계관을 가진 학자라 여왕에 대한 선입견이 있었겠지만, 신라의 세계관은 고려와는 분명 달랐다. 비담과 염종은 그들 나름의 명분으로 거사를 일으켰다가 실패하자 반역자가 되었고, 거사의 명분조차도 단순하게 '여왕이 잘 다스리지 못한다'는 식으로 폄하된 것이 아닐까? 역사학자들도 그 사건이 단순한 반역이 아니라 구세력인 비담과 염종, 신세력으로 떠오른 김춘추와 김유신, 양대 세력의 갈등에서 빚어진 일로 보고 있다.

그렇다면 두 세력이 군사까지 일으키면서 치열하게 싸웠던 명분은 무엇이었을까? 예전의 왕조 정치에는 비록 두 세력의 권력 다툼이라고 해도, 그 바탕에는 반드시 나름대로 백성들을 설득할 만한 대의명분이 있었다. 나는 『삼국사기』 선덕 여왕 편을 꼼꼼히 읽으면서 그 시대 선덕 여왕과 신하들, 더 나아가 신라 사람들에게 가장 절실했던 것은 바로 살아남는 문제였다고 판단했다.

선덕 여왕 시절, 신라는 백제의 끊임없는 침공으로 나라의 존립마저 위태로운 상황이었다. 이 때 김춘추는 당나라와 손을 잡는 것으로 난국을 타개하려 했다. 세상의 어떤 정책도 모든 사람의 지지를 받지는 못하는 법이다. 김춘추의 외교 정책이 그 당시로써는 최선이었다 해도 반대하는 세력은 당연히 있었을 터이고, 비담과 염종은 분명 김춘추와 다른 자주적인 정책을 고집했을 것이다.

이렇게 그 시대의 갈등을 이해하게 되자, 비로소 역사와 '지귀 설화'가 만나는 지점이 보였고, 시대의 격랑에 휘말린 여러 사람들의 이야기를 쓸 수 있었다. 그들 중 이야기의 중심인물은 지귀와 선덕 여왕 그리고 내가 만든 인물인 화랑 가진인데, 그들은 삶에서 이상의 좌절을 겪기도 하고 시간과 방향이 어긋난 사랑 때문에 고뇌하기도 한다. 하지만 때로 구원은 이룰 수 없는 꿈과 이루어지지 않는 사랑에서 오는 것은 아닐까? 작품을 쓰면서 나는 자주 그런 생각을 했다.

『지귀, 선덕 여왕을 꿈꾸다』를 쓰기 시작한 올해 초, 외신은 잃어버린 나라를 되찾기 위한 티베트 사람들의 눈물겨운 투쟁을 하루가 멀다고 전하곤 했다. 나는 그 소식을 듣고 가슴이 아렸다. 우리 또한 약소국이었던 터라 단지 남의 나라 일로만 느껴지지 않았던 것이다.

나는 선덕 여왕 시절, 김춘추의 외교 정책에 대해 옳은지 그른지에 대해서는 말하고 싶지 않다. 다만 티베트처럼 슬픈 나라가 되지 않게끔, 그 동안 고뇌하고 피 흘려 나라를 지켜 준 수많은 조상 어른들께 감사하고 싶은 마음뿐이다.

2009년 1월, 선덕 여왕의 지혜를 생각하며
강숙인

〈푸른도서관〉에서 만나는 강숙인 청소년소설

강 숙 인

1953년 대구에서 태어나 서울예술대학 문예창작과를 졸업했다. 1978년 '동아연극상'에 장막 희곡이 입선되어 작가로 활동하기 시작했으며, 1979년 '소년중앙문학상'과 1983년 '계몽사아동문학상'에 동화가 당선되었다. 우리 역사와 고전에 대한 특별한 애정을 갖고 역사적 사건이나 인물을 새로운 시각으로 그려내거나 고전을 재해석하는 작업을 꾸준히 해 오고 있으며, 제6회 가톨릭문학상과 제1회 윤석중문학상을 수상했다. 대표적인 작품으로 『마지막 왕자』, 『아, 호동 왕자』, 『청아 청아 예쁜 청아』, 『뢰제의 나라』, 『화랑 바도루』, 『초원의 별』, 『지귀, 선덕 여왕을 꿈꾸다』, 『불가사리』 등이 있다.

블로그_ http://blog.naver.com/rese0468

▌푸른도서관은 10대에서 20대까지 눈부신 성장을 거듭하는 푸른 세대를 위한 본격 문학 시리즈입니다.

*〈푸른도서관〉 시리즈는 계속 나옵니다!